아내가 암에 걸렸다

아내가

암에
걸렸다

의사 남편의 유방암 아내 간병기

조영규

글든타임

들어가는 글

매일매일의
작은 기적을
꿈꾸며

○

 기적이 일어나기를 바라는 사람들이 있다. 암 환자와 그
의 가족들이다. 암은 이제 죽는 병이 아니라고들 한다. 그
러나 여전히 두려운 질병이다. 병원에서 의사가 암을 언급
하면 환자들은 바로 죽음을 떠올린다. 죽음을 의식하지 않
고 살던 그들은 죽을지 모른다는 가능성만으로도 공포에
질리게 된다. 정신이 멍해지고, 모든 것이 혼란스럽다. "아
무 증상도 없는데, 뭐 잘못된 거 아니에요?", "제가 뭘 잘못
했는데요?", "애들이 아직 너무 어린데……", "지금은 아닌
것 같아요. 제발요" 하며 암의 공포에서 벗어나고자 발버둥
을 친다. 그러다 어느 순간, 어떻게든 치료를 받고 살아야

겠다는 의욕을 불태우기 시작한다. 우리나라에서 제일 좋은 병원에서 최고의 명의에게 치료를 받고 싶어 한다. 치료 과정이 아무리 힘들고 고통스럽더라도 어떻게든 이겨내고 살고 싶다. 매일 기적을 꿈꾼다.

우리 가족도 다르지 않았다. 나는 건강증진센터에서 일하는 검진의사다. 건강검진을 통해 암이 의심되는 사람을 가려내어 검사 결과를 설명하고 각 전문과로 의뢰하는 일을 하고 있다. 암을 진단하는 일을 하면서도 아내가 암에 걸렸을 거라고는 단 한 번도 생각하지 못했다. 이번에 유방암 검진을 받은 것도 특별한 이상이 있어서가 아니었다. 만 40세가 되어 국가에서 무료로 검사해주는 유방암 국가암검진 대상자가 되었기 때문에 숙제하는 기분으로 검진을 받으러 간 것이었다. 아무런 의심도 하지 않았기에 내가 근무하고 있는 병원을 놔두고 집에서 가까운 작은 병원에서 검진을 받도록 했다. 2019년 9월 26일 오전, 검진 내시경을 마치고 연구실에 앉아 있는데 아내에게서 문자가 왔다. 암인 것 같다고. 나는 정말 농담인 줄 알았다. 그날 저녁, 집에 가서 아내와 밤새 울었다. 복사해온 유방촬영 사진과 판독지를 보고 평소 환자들에게 설명하듯 냉정하게 검사소견과 의심되는 질병, 그리고 앞으로의 치료 계획에 대해 이야기하려고 했으나, 그럴 수 없었다. 눈물이 멈추지 않았다. 그러다 정신을 차려야겠다고 생각했다. 앞으로 해야 할 일을 하나하나 정리하기 시작했다. 하루하루의 시간이 너무나 소중했다. 그리고 우리 가족에게 주어진 이 소중한 시간을 우리의 말로 남기고 싶어졌다.

10여 년 전 故 장영희 교수의 《살아온 기적 살아갈 기적》(샘터사)을 읽으며 '기적'에 대해 생각한 적이 있었다. 기적을 사전에서 찾아보면 '상식을 벗어난 기이하고 놀라운 일'이란 뜻으로 나와 있다. 최근 우리나라 암 환자의 5년 생존율은 70%를 넘는다. 유방암은 특히 예후가 좋아 5년 생존율이 90%를 넘는다. 그렇다면 유방암 환자가 항암치료를 마치고 무사히 일상생활로 돌아간 것을 기적이라고 할 수 있을까? 당연히 기대되는 일 아닐까? 나는 여기에 의사와 환자 간 의사소통의 어려움이 있다고 생각한다. 환자는 자신의 이야기를 묻지만, 의사는 확률을 이야기한다. 유방암 환자의 90%가 완치되지만, 자신이 90%에 포함된다는 보장은 없다. 완치되지 않는 10%에 포함되었다 해도 할 수 없는 일이다. 확률을 이야기하는 의사에게는 삶도 죽음도 모두 가능한 일이지만, 자신의 목숨을 걸고 있는 환자에게 생존은 기적일 수밖에 없다. 기적은 무더기 환자 속에서 일어나지 않고 한 명, 한 명의 환자에게만 일어난다. 나는 장영희 교수의 책을 읽으며 나를 찾아온 환자를 무더기 환자 중 한 명이 아닌 한 명, 한 명의 소중한 환자로 대해야겠다고 다짐했었다. 환자와 함께 기적을 체험하고, 기적에 감사하는 의사가 되기를 소원했었다. 암 환자 가족이 된 지금, 그 어느 때보다 간절히 기적을 소원하며 책장에 꽂혀 있던 《살아온 기적 살아갈 기적》을 다시 꺼내 읽는다.

유방암은 한 번의 수술로 완치되는 질병이 아니다. 수술이 끝나면 방사선치료가, 방사선치료가 끝나면 항암치료가, 항암치료가 끝나면 표적치료가, 표적치료가 끝나면 호르몬치료가 기다리고 있다. 전이나 재발이 없다 해도 모든 치료를 마치는 데 5~10년 이상이 소요된다. 재발이 흔한 유방암은 치료가 끝난 후에도 재발 여부를 확인하기 위해 정기적으로 추적검사를 받아야 한다. 우리는 지금 이 기나긴 여정의 출발선에 서 있다. 우리가 이 힘든 여정을 무사히 마치고 일상으로 복귀할 수 있을까? 우리는 지금 기적을 꿈꾸고 있다. 홍해 바다를 가르고, 물 위를 걸어가고, 죽은 사람이 살아나는 그런 기이하고 놀라운 기적이 아니라, 우리가 계획하고 있는 치료 과정을 단계적으로 밟아나가며 서서히 건강을 회복하는 매일매일의 작은 기적을 꿈꾸

고 있다. 두려움과 불안과 염려와 고통과 갈등으로 주저앉
고 싶은 순간도 있을 테지만, 또다시 용기를 내어 하루하루
기적을 이루어나가리라 믿는다. 그리고 기적이 일어나기를
꿈꾸며 힘든 시간을 보내고 있는 이 땅의 암 환자와 그의
가족들을 기억한다. 그들에게도 우리가 꿈꾸는 기적이 이
루어지기를 기도한다.

2020년 여름,

조영규

목차

방사선치료

항암치료

진단

삼 단 논 법 三 段 論 法

모든 사람은 죽는다.
소크라테스는 사람이다.
그러므로 소크라테스는 죽는다.

모든 사람은 암에 걸릴 수 있다.
아내는 사람이다.
그러므로 아내는 암에 걸릴 수 있다.

학교에서는 삼단논법을 가르친다.
나는 우수한 성적으로 학교를 졸업했다.
그러므로 나는 삼단논법을 너무나 잘 알고 있다.

그러나 나는 삼단논법이 내 이야기인 줄 미처 알지
못했다.

건 강 검 진

아내는 건강검진을 받으러 갔습니다.
그 시간 나는 다른 사람의 건강검진을 하고 있었습니다.

아내가 문자를 보냈습니다.
암인 것 같다고.
농담인 줄 알았습니다.
건강검진 결과지를 사진 찍어 보내라고 했습니다.
정말 암이 의심된다고 되어 있었습니다.
걱정하지 말라고 담담하게 말했습니다.
원래 의사들은 과장해서 말하는 법이라고.

오후에는 다른 사람의 건강검진 결과를 상담했습니다.
불편한 곳은 없는지 물어보았습니다.
친절한 미소를 지으며 큰 이상 없으니 염려하지 말라고
했습니다.
그 시간 아내는 두려움에 떨고 있었습니다.

울 다

울었습니다.
우는 것 말고는 할 수 있는 것이 없어 울었습니다.
울어도 울어도 눈물이 나왔습니다.

두려웠습니다.
두려워서 울었습니다.
정신을 차려야겠다고 생각했습니다.
정신을 차려 울었습니다.

잘 살고 싶었습니다.
행복하게 살고 싶었습니다.
기도하였습니다.
기도하며 울었습니다.

살려달라고.
제발 도와달라고.
울고 또 울었습니다.

다 ((
　　물 러 주 세 요

난생처음으로
아파트 분양을 받았습니다.
차를 바꿨습니다.
내 책을 냈습니다.
정교수로 승진했습니다.
장관 표창을 받았습니다.

그리고,
아내가 암 진단을 받았습니다.

이러려고 그러신 겁니까?
다 물러주세요.
제발요.

전 기 電氣

아내가 친절해졌습니다.

주일 아침,
교회 가는 차 안에서
아내는 아들 손을 어루만지며
말했습니다.

우리 아들,
손톱 깎아야겠네.

'우리 아들'이란
다정한 말이 슬펐습니다.
눈가에 눈물이 고였습니다.

아들은 웃으며
말했습니다.

전기해줘.
그래.
한 살, 두 살, 세 살, 네 살~
전기 왔어?
응, 왼손도.
그래.

주일 아침,
교회 가는 차 안에서
아들은 한없이 천진하였으며,
아내는 한없이 친절하였습니다.

⸜⸜ 커플링

몇 년 전이었을까요?
금값이 급등하여
돌 반지를 선물하기가
부담스러워지기 시작할 즈음이었습니다.

나는 호기롭게 백화점에 가서
14K 커플링을 샀습니다.
그리고는 앞으로 무슨 일이 있어도
손에서 빼지 않겠다고 약속했습니다.

지난 몇 년 동안
반지는 내 약지를 감싸고 있었습니다.
반지를 끼고 있다는 것도 잊고 지낸 순간이 많았지만,
반지는 여전히 내 손을 지키고 있었습니다.

반지는
내 손 안에서

내 손 모양을 따라
서서히 닳아가며 닮아갑니다.

내 손이 흙 속에서
썩어질 그 날에도
반지는 내 손에서
영원히 반짝이고 있을 것입니다.

투 두
리 스 트   To do list

하고 싶은 일들이 늘어났습니다.

1. 정수기 렌탈하기
　- 플라스틱 쓰레기를 줄여야겠어요.

2. 인터넷 뱅킹 배우기
　- 우리 집 돈 관리는 지금껏 아내가 다 했죠.

3. 일찍 퇴근하기
　- 지금까지도 늦게 퇴근한 건 아니지만.

4. 아내와 함께 동네 산책하기
　- 산책하면 머리가 맑아진대요.

5. 가족사진 찍기
　- 암 수술 들어가기 전의 모습을 남겨두고 싶어요.

6. 예쁜 옷 사기

　- 가족사진을 찍으려니 입을 만한 옷이 마땅찮네요.

7. 다이어트하기

　- 우리 가족을 지키려면 나부터 건강해야죠.

8. 김동률 콘서트 예약하기

　- 두 달 뒤에 있는 콘서트에 건강한 모습으로 함께
가고 싶어요.

9. 해외여행은 보류하기

　- 항암치료를 해야 할지도 모르니 해외여행은 치료가
끝난 뒤로 미뤄요.

10. 원 없이 사랑하기

　- 해외여행은 미뤄도 사랑은 절대 미루는 게 아니죠.

앞으로도 계속 늘어날 것 같습니다.

미 리

생 색

당신이 가진 복 중에서 가장 소중한 복은 '남편복'이야.
자식복은 아이들이 커봐야 아는 것이고.

무슨 일이 있더라도
다 낫게 해줄 테니까
아무 걱정하지 말고
나만 믿고 따라와.
당신은 지독한 감기 한 번 걸렸다고 생각해.
조금 앓다가 좋아질 테니까.
하나님께서도 내 얼굴 봐서
당신을 완전히 낫게 해주실 거야.

재물복, 출세복, 부모복, 사람복, 먹을 복 등
세상에는 다양한 복이 있지만,
그중의 제일은 '남편복'이라.

((조 직 검 사

아내는 오랜만에 명동에 나왔습니다.

태국식당에서 점심을 먹었습니다.

점심을 먹으며 가벼운 농담을 했습니다.

길을 가다 토트백을 하나 샀습니다.

가방이 눈에 들어오는 것을 보니 많이 진정됐구나 하고
생각했습니다.

시간이 남아서 병원 근처 카페에 들어갔습니다.

아내는 조직검사가 많이 아프냐고 물었습니다.

나는 주사 한 번 맞는 정도 아니겠냐고 대수롭지 않게
대답했습니다.

나는 불안하지 않냐고 물었습니다.

아내는 많이 편해졌다고 대답했습니다.

조직검사 예약 시간에 맞춰 병원에 갔습니다.

나는 의사 가운으로 갈아입고 검사실로 내려갔습니다.

아내는 가운을 보며 왜 이리 지저분한 것을 많이 묻히고 다니냐고 나무랐습니다.

  조직검사를 하러 들어가는 아내를 보며 좋은 결과가
나오게 해달라고 기도할 수 없었습니다.

  다만 정확한 결과가 나오게 해달라고 기도했습니다.

  조직검사를 마치고 아내는 홀로 집에 가야 했습니다.

  일 년에 몇 번 하지도 않는 회식이 바로 오늘입니다.

  아내는 자기 일을 핑계로 내가 회식에 빠지는 것을 원치
않았습니다.

  나는 오늘 저녁 아무 일도 없었던 양 동료들과 웃으며
술잔을 기울일 것이고,

  아내는 나를 기다리다 스르르 잠이 들 것입니다.

((소 문

섣부른 관심과 위로가 오히려
상처가 될 수 있음을 알기에
최대한 늦게 알려지기를 바랐다.

충분히 정리되고 정리되어
치료 계획이 세워진 후에야
담담히 말하고 싶었다.

조직검사를 한 다음 날,
멀리 계신 교수님에게서 문자가 왔다.
소식 들었다며, 도와줄 것 없냐며.

소문 참 빠르다.

위 로 의
말

어머니께서도 유방암이셨잖아.
검사 좀 미리 해보지 그랬니?

안타까워서 한 말입니다.
위로의 말입니다.

남편이 의사잖아.
검사 좀 미리미리 해주지, 뭐 했다니?

저에게는 이렇게 들립니다.
죄책감이 밀려옵니다.

많은 사람이 위로의 말이랍시고
이미 지나가 버린 일에 대하여 말을 합니다.

환자와 환자 가족들은 마음에 여유가 없습니다.
섣부른 위로의 말이 고스란히 상처가 되어 남습니다.

중요한 것은 과거가 아닙니다.
이미 발생한 일은 돌이킬 수 없습니다.

중요한 것은 앞으로 있을 일들입니다.
힘든 치료 과정을 견뎌야 합니다.

굳이 말로 위로하지 않아도 됩니다.
진심은 아무 말 하지 않아도 가슴에서 가슴으로 전달
되기 때문입니다.

저희를 믿고 기다려주세요.
머지않아 웃으며 이야기할 날이 올 것입니다.

10 월 의
열 대 야

몸에서 열이 난다.
잠이 오지 않는다.
거실에 나가 TV를 켠다.
그래도 덥다.
선풍기를 튼다.
조금 낫다.

일기예보에서는
낮과 밤의 일교차가 크다고 했는데,
새벽에는 춥다며
이불 잘 덮고 자라고 했는데,
일교차 큰 가을 날씨에
나 홀로 열대야에 시달리고 있다.

TV를 끈다.
선풍기 타이머를 맞춘다.
다시 한번 잠을 청한다.

시간이 지나면 괜찮아질 거라 생각한다.

플라워 카페

'담쟁이'

평촌에 올라와 산 지 17년,
우리가 좋아하는 가게들이 하나둘 사라져간다.

백운호수 간장게장집 '해오름'은 아파트 단지 조성으로
사라졌다.
범계 브런치집 'BB 스토리'는 보드게임 카페로 바뀌었다.
평촌 한우전문점 '소야'는 무슨 가게로 바뀌는지 지금도
공사 중이다.
의왕 국숫집 '남서방면옥'은 상가 신축으로 없어졌다.
인덕원 회전초밥집 '스시히로바'는 임대 만료로 문을
닫았다.

우리가 좋아하면 문을 닫는다.
익숙한 것들이 사라지는 것은 슬픈 일이다.
흘러온 시간만큼 헤어지는 일이 잦아진다.
헤어지는 일은 아무리 반복되어도 익숙해지지 않는다.
우리의 젊은 날도 이렇게 조금씩 지워지고 있는 걸까?

오늘 우리는 과천 플라워 카페 '담쟁이'를 찾았다.
배고플 땐 베이글이 맛있고,
여름철엔 팥빙수가 맛있고,
사시사철 카페라테가 맛있는 집.
계절마다 꽃향기가 다른 집.

'담쟁이'에서 우리는
추억을 이야기하고,
사랑을 이야기하고,
희망을 이야기했다.
그리고 많이 웃었다.

우리가 좋아하는 장소는 아직도 많이 남아 있다.
우리가 사랑할 시간 또한 아직은 많이 남아 있다.

우리가 좋아하는 장소는
아직도 많이 남아 있다.
우리가 사랑할 시간 또한
아직은 많이 남아 있다.

간 장 게 장

오늘 우리는 소래포구에 다녀왔습니다.
작년 근로자의 날에 아이들 학교 보내고
아내와 꽃게찜 먹으러 다녀온 이후 처음입니다.
그날 우리는 간장게장을 사 왔습니다.
아이들은 간장게장을 맛있게 먹었습니다.
우리끼리 꽃게찜을 먹고 온 것은 말하지 않았습니다.

얼마 전부터 아들이 간장게장을 사달라고 합니다.
일 년 전에 먹었던 간장게장을 기억하고 있었습니다.
소래포구에는 여전히 사람이 많았습니다.
집집마다 전어를 굽고 있었습니다.
작년 기억을 더듬어 게장집을 찾아갔습니다.
아들이 입맛을 다셨습니다.

아내의 치료 일정은 아직 정해진 것이 없습니다.
다음 주에라도 당장 수술일정이 잡힐 수도 있습니다.
아들의 소원을 들어주지 못한 채 입원하게 되면

병원에 있는 내내 신경 쓰일지도 모르겠다는 생각이
들었습니다.

그깟 간장게장이 뭐라고.

그래서 그깟 간장게장 사 왔습니다.

간장게장을 사 오고 나니 마음이 든든합니다.

아들이 먹는 것만 봐도 배부릅니다.

조 직 검 사
((결 과

Invasive ductal carcinoma °

조직검사 결과는 예상했던 대로다.
조만간 수술일정이 잡힐 텐데,
마음이 조급해진다.
누군가는 아내의 빈자리를 채워야 한다.
아이들은 아직 손이 많이 필요하다.

아내는 드디어 장모님께 연락을 드렸다.
울지 않고 또박또박 말씀드렸다.
많이 놀라셨을 테지.

아내에게 말했다.
다른 사람 앞에서 체면 차릴 필요 없다고.
도움이 필요하면 도와달라고 크게 소리쳐도 된다고.
아이들 관리며 집안일은 내가 알아서 할 테니
당신은 치료받는 것에만 집중하라고.

아내는 밤새 잠을 이루지 못한다.
장모님도 잠을 설치고 있을 것이다.
가을밤이 깊어간다.

○ 침윤성 유관암: 유관을 이루고 있는 세포에서 기원한 침윤성 암으로 유방암
중에서 가장 흔함.

암 소 식
((알 리 기

환자 입장에서 여기저기 암 소식을 알리는 것도 고역
이라는 생각이 들었다.

좋은 이야기도 아닌데 같은 이야기를 반복해서 해야
한다.
비슷한 위로를 반복해서 들어야 한다.
또다시 감정이 울컥한다.
또다시 울먹인다.

단체대화방을 만들어 한꺼번에 알리면 안 되나 하는
생각이 들었다.
문자를 보고 놀라서 전화기를 들어서는 안 된다.
쾌유를 비는 짧은 답문 정도면 충분하다.
마음으로만 기도해줘도 좋다.

아내는 지금도 암 소식을 알리고 있다.
더는 울지 않았으면 좋겠다.

1893899

나이가 들면 숫자가 점점 외워지지 않는다는데,
숫자 하나가 머릿속에서 지워지지 않는다.
아내의 병록번호°, 1893899

병록번호는 혈액검사 결과와 연결되고,
병록번호는 초음파 사진과 연결되고,
병록번호는 조직검사 결과와 연결되고,
병록번호는 MRI 사진과 연결되고,
병록번호는 진단명과 연결되고,
병록번호는 처방 내역과 연결된다.

시간이 나면 입력창에 병록번호를 친다.
결과가 뜨기를 기다린다.
연결된 사진을 보고 또 본다.
환자가 오면 환자를 보다가
또다시 병록번호를 입력한다.
봐도 봐도 똑같은 사진을 또다시 바라본다.

내가 미리 조심했다면
눈앞의 사진이 달랐을까?

○ 병원에서 환자를 등록할 때 매기는 번호

경 로 를 ((
벗 어 났 습 니 다

경로를 벗어났습니다.
경로를 다시 요청합니다.

평소와 같은 길로 가고 있는 나에게
내비게이션은 계속해서 경고를 보냅니다.

목적지는 평소와 다르지 않은데
내비게이션은 계속 다른 길로 가라고 합니다.

그러면 우리는 어디로 가야 합니까?
누구에게 길을 물어봐야 합니까?

예기치 못한 돌발상황 앞에서 우리는 당황합니다.
평소와 다른 길로 들어서기가 두렵습니다.

그러나, 경로를 벗어나면 새로운 경로가 나옵니다.
새로운 경로 끝에도 우리가 원하는 목적지가 있습니다.

길이 막히면 돌아가도 됩니다.
목적지에 늦게 도착하면 어떻습니까?

경로를 벗어났습니다.
교통정보를 반영하여 새로운 경로로 안내합니다.

병 원   선 택

아산병원, 삼성병원, 서울대병원, 세브란스병원, 국립암센터. 이런 크고 좋은 대형병원을 생각해보지 않은 건 아니다. 암 수술은 많은 증례를 경험하고 치료 시스템이 제대로 갖춰져 있는 대형병원에서 해야 한다는 것이 사회 통념이다. 내 주변의 암 환자 대부분은 이런 큰 병원에서 치료를 받았다. 아내의 암 소식을 듣게 된 분들 또한 대부분 이런 대형병원을 추천하셨다. 심지어 어떤 분은 우리가 대형병원을 선택하지 않은 것에 대해 자기 일처럼 안타까워했다.

이분들의 이야기를 듣고 나면 내 마음도 흔들렸다. 혹여 아내의 수술 결과가 좋지 않으면 아내를 우리나라 최고의 의료기관 중 하나로 데려가지 않은 내 책임이 될 것 같았다. 하지만 우리나라 최고의 명의를 만나기 위해 대기하다가 수술을 했는데 전이가 발견되면, 이것 또한 좋은 병원에 데려가겠다고 시간을 끈 내 책임이 된다. 어떻게 해도 결과가 좋지 않으면 죄책감을 피할 수 없다. 만약 그렇다면 다른 사람 말 신경 쓰지 말고 우리 생각대로 해야 한다.

그렇다. 아내는 대형병원에 가지 않고 내가 근무하고 있는 서울백병원에서 수술받기로 했다. 우리가 이런 결정을 하게 된 데에는 몇 가지 이유가 있다.

첫째, 만약 아내의 병이 유방암이 아니라 정말 희귀하고 예후가 좋지 않은 암이었다면 이 질병의 치료 경험이 풍부할 것으로 기대되는 대형병원을 어떻게든 찾아 갔을 것이다. 그래도 유방암은 우리 병원 규모의 의료 기관에서도 적지 않은 증례를 경험할 수 있을 만큼 흔하고 예후가 좋은 암종이다.

둘째, 낯선 병원에 찾아가서 또다시 검사를 받고, 대기하다가 수술을 받기에는 아내의 불안이 너무 컸다. 치료 과정에 대한 불안보다 몸 안에 암세포가 있고, 지

금 이 순간에도 암세포가 몸속 어디론가 전이되고 있을
지 모른다는 불안이 더 컸다. 너무 어려운 수술이 아니
라면 명의를 찾느라 시간을 끄는 것보다 최대한 빨리
수술을 받는 것이 최선이라고 생각했다.

　마지막으로 나에게는 수술을 담당해주실 교수님에 대
한 개인적인 신뢰가 있다. 교수님께서는 10년 전에 장
모님의 유방암 수술을 해주셨다. 그 이후 장모님께서는
재발이나 전이 없이 건강하게 지내고 계신다. 무엇보다
교수님과는 꽤 오래전부터 매해 의료봉사를 함께 다니
고 있는데, 이를 통해 환자를 대하는 그분의 진심과 열
심을 알게 되었다. 아무리 빨리 수술을 해준다고 해도
신뢰하지 못하는 의사에게 우리 몸을 맡길 수는 없다.

　대형병원을 추천하신 분들도 우리 가족을 위해서 추
천하신 것이고, 내가 서울백병원을 선택한 것도 우리
가족에게는 이것이 최선이라고 확신했기 때문이다.

나는 다만 아내의 수술 결과가 좋기만을 기도할 뿐이다. 그리고 우리 가족을 위해 염려하고 조언을 아끼지 않은 모든 분들께 감사의 말씀을 올린다.

《 산 정 특 례

오늘은 수술 전 검사를 받았습니다.

외과 외래, 원무부, MRI실, 영상의학과, 채혈실, 심장
센터…….

갈 곳도 많습니다.

MRI가 이렇게 오래 걸리는 검사인지 오늘 처음 알았
습니다.

산정특례를 신청했습니다.

병원비의 5%만 내는 고마운 제도입니다.

제가 오늘 낸 검사 비용은 3만 원도 되지 않았습니다.

우리나라 좋은 나라입니다.

아내와 함께 퇴근하면서

유방재건술에 대해서 이야기했습니다.

저는 치료가 끝나고 차분히 했으면 좋겠다고 했습니다.

우리나라에서 제일 잘하는 곳으로 알아봐 줄 테니 염려
하지 말라고 했습니다.

돌아오는 길에 아들이 다니는 수학학원에 들렀습니다.

아들이 탕수육 먹고 싶다고 했습니다.

탕수육에 육즙이 살아 있었습니다.

입천장 다 델 뻔했습니다.

변 화

한동안 매일 보던 정치 관련 기사가 더는 눈에 들어오지 않습니다.

분위기가 처지는 게 싫어 TV를 틀어놓아도 무슨 내용인지 모르겠습니다.

예능 프로그램을 보며 웃어도 결국 씁쓸함만 남습니다.

오랫동안 집중해야 하는 학술작업도 하기 힘들어졌습니다.

성경을 봐도 하나님께서 은혜를 내리사 주의 백성들을 구원하신다는 내용만 눈에 들어옵니다.

간절함이 무엇을 뜻하는지 알게 되었습니다.

내 삶에서 중요한 것과 부수적인 것을 구분할 수 있게 되었습니다.

백 화 점

백화점에 갔어요.
정말 오랜만에 갔어요.
오랜만에 갔더니
5% 할인쿠폰도 없더래요.

아이들 옷부터 샀어요.
내 옷도 샀어요.
아내 옷은 못 샀어요.
다음에 사겠대요.

쇼핑을 했더니 피곤했어요.
집에 가서 낮잠을 잤어요.
낮잠 자는 동안
아내는 빨래를 했어요.

좋은 소식 하나 말해줄까요?
다음 달에는 우리 집에도

5% 할인쿠폰이 와 있을 거예요.

아내가 웃었어요.

다 이 어 트

때가 되면 허기가 지고,
때가 되면 음식을 찾는다.

위장은 염치를 모르고,
식탐은 경우를 모른다.

맛있는 음식은 과식을 부르고,
맛없는 음식은 다른 음식을 부른다.

맛있게 먹으면 0칼로리라지만,
물만 먹어도 살찐다는 사람도 부지기수다.

해마다 많은 사람이 다이어트를 결심하지만,
해마다 비만율은 높아만 간다.

아으, 어쩔 것이냐?
이번만은 다르다며 또다시 다이어트에 도전하는 사람

들을.

　지금 남 걱정할 때가 아니다.
　건강을 위해 다이어트를 약속한 나 자신이.

중간고사

어려서부터 10월이 싫었다.
다른 이유는 없었다.
중간고사 때문이었다.

오늘은 딸의 중간고사 마지막 날이다.
딸은 시험을 마치고 놀이공원에 간다.
친구들과 즐거운 시간을 보내고 들어올 것이다.

딸은 아직 아무것도 모른다.
시험 보는데 부담될까 봐 말하지 않았다.
수술 날도 일부러 시험 뒤로 잡았다.

과연 옳은 판단이었을까?
딸은 시험을 망쳐도 이해받을 수 있는 기회를
자신의 의지와 관계없이 빼앗기고 말았다.

중간고사가 끝난 다음 날,

시험을 마친 홀가분함을 만끽하고 있어야 할 그때,
엄마의 암 소식을 듣게 되는 것은 너무나 잔인한 일이다.

딸이 느낄 감정의 무게여!
당황, 두려움, 불안, 죄책감, 미안함, 공포…….
딸의 감정을 다독이는 것 또한 나의 몫이다.

딸아, 두려우냐? 나도 두렵다.
그렇지만 우리 서로에게 미안해하지는 말자.
우리 가족이 이제 한 단계 성장해야 할 때가 된 것으로
생각하자.

이제 겨우 중간고사가 끝났을 뿐이다.
우리가 가야 할 길은 아직 멀다.
엄마가 바라는 건 우리가 흔들리지 않고
자기 자리를 충실히 지키는 것이 아닐까 싶다.

가 족 사 진

아들은 가족사진을 왜 찍냐고 물어보았다.

나는 가족사진 찍은 지 너무 오래되어서 찍는 거라고 얼버무렸다.

딸은 친구들 중에서 자기 핸드폰이 가장 오래되었다고 투덜거렸다.

차 안에는 에코의 〈행복한 나를〉이 나오고 있었다.

오늘 우리는 아이들에게 엄마의 병을 알려야 한다.

아이들이 잘 받아들일까?

너무 힘들어하진 않을까?

우리는 비장하다.

아침 일찍 가족사진을 찍으러 갔다.

수술받기 전의 건강한 아내 사진을 남겨놓고 싶었다.

어색했다.

웃으라고 하는데 웃는 표정이 더 어색했다.

시간이 남아 딸 핸드폰을 사러 갔다.

아들이 옆에 앉아 자기 핸드폰도 사달라고 졸랐다.

조르고, 조르고, 또 졸랐다.

엄마의 인내심이 한계에 이르고 있었다.

어느 패밀리 레스토랑에서 점심을 먹었다.

샐러드, 스파게티, 스테이크를 골고루 시켰다.

아이들은 음식이 나오는 대로 먹어 치웠다.

아내는 통 먹지 못했다.

식사를 마친 후 엄마의 병을 알렸다.

내일 병원에 입원해서 수술을 받게 될 거라고.

그 후에도 오랫동안 항암치료를 받게 될 거라고.

힘든 시간일 테지만 우리 가족이 힘을 모아 함께 이겨
냈으면 좋겠다고.

아이들은 엄마의 병명을 들었지만,

그 심각성을 실감하진 못했다.

건강해 보이는 엄마가 여전히 눈앞에 있었다.

아이들은 아이들이다.

집에 돌아와서

나는 인터넷 뱅킹 하는 법을 배웠고,

딸은 낮잠을 잤고, 아들은 유튜브를 봤다.

여느 주말과 다르지 않은 토요일 오후가 지나가고

있었다.

수 술

입 원

아내는 오전 내내 집안일을 정리했다.

아내의 마음에는 만감이 교차했을 것이다.

광주에서 장모님께서 올라오셨다.

장모님께 집안일을 인계했다.

이제 정말 입원이다.

아이들을 병원에 데리고 갔다.

엄마가 환자복 입고 있는 모습을 한 번은 보는 게 좋을
것 같았다.

아이들은 다음 주말에라야 엄마를 볼 수 있다.

엄마 얼굴 많이 봐둬라.

그리고 엄마의 소중함을 느끼고 느껴라.

병실에 도착하자 아들은

자신이 수술할 때는 6인실을 썼는데,

왜 엄마는 1인실을 쓰냐며 샘을 냈다.

웃음이 빵 터졌다.

딸은 새로 산 핸드폰만 들여다보고 있었다.

아이들과 함께 엄마 손을 잡고 기도했다.
엄마 병 빨리 낫게 해달라고.
수술하시는 교수님 손에 하나님의 능력을 더해달라고.
아이들이 엄마가 없는 동안 잘 견디게 해달라고.
이 일을 통해 우리 가족이 한 단계 더 성장하게 해달
라고.

기도하는 동안 아내는 많이 울었다.
아이들도 함께 흐느꼈다.
아내만 홀로 병실에 남겨놓고 돌아오는 발걸음이 무거
웠다.
아내는 오늘 잠을 이룰 수 있을까?
나에게도 오늘 밤이 길 것만 같다.

수 술 일

새 벽

새벽 일찍 잠에서 깼습니다.
오늘 있을 일들이 하나씩 떠오릅니다.
나의 과거 잘못들이 하나씩 생각납니다.
두려움이 몰려옵니다.
어찌해야 합니까?

나의 죄악 때문입니까?
우리 가족을 구원하여 주시옵소서.
하나님의 말씀을 구합니다.
약속의 말씀을 구합니다.
생명의 말씀을 들려주시옵소서.

주께서 심지가 견고한 자를
평강하고 평강하도록 지키시리니
이는 그가 주를 신뢰함이니이다.°

두려우냐?

두려움이 생기는 것은 세상의 말들 때문이다.
절망의 말에 마음을 빼앗겼기 때문이다.
헛된 말로 인해 근심하지 말고
나만 의지하고 의지하여라.

내가 주는 평안은 세상이 주는 것과 같지 아니하니
근심하지도 말고 두려워하지도 마라.
평강하고 평강하라.
담대하고 담대하라.
내가 너희 가족을 지킬 것이니라.

○ 이사야 26장 3절

수 술 일

저 녁

운전해서 집에 가는데 반포대교 지나면서부터 졸리기 시작했다.

추석 귀성길에 꽉 막히는 길을 휴게실도 안 들리고 두 시간 이상 운전했을 때의 느낌이었다.

졸음 쉼터가 있으면 쉬어가고 싶다는 생각이 들었다.

내가 한 일은 사실 아무것도 없었지만, 은근히 신경 쓰였나 보다.

집에 도착하면 바로 잠이 들 것 같았다.

수술장에 내려가기 전, 아내는 매우 긴장되어 보였다.

병실이 낯설기도 해서 밤새 잠을 잘 이루지 못했다고 했다.

한숨 푹 자고 일어나면 수술이 끝나 있을 것이니 걱정하지 말라고 했다.

그리고 새벽에 묵상한 성경 말씀을 읽어줬다.

아내는 눈물을 꾹 참았다.

8시에 수술장에 내려간 아내는 11시 반에 병실로 올라
왔다.

점심시간 지나서 올라올 것으로 생각했는데, 생각보다
일찍 올라왔다.

수술하신 교수님께서 전화를 주셔서 수술 잘 되었으니
걱정하지 말라고 하셨다.

아내는 수술 부위에 통증이 있고, 가슴에 조이는 느낌이
있지만 괜찮다고 했다.

암 수술한 사람이 맞나 싶을 정도로 정말 좋아 보였다.

오후에 일을 본 후 병실에 올라가 보니 아내는 TV를
보면서 웃고 있었다.

수술받아 부은 손으로 염려해주신 덕분에 수술 잘
마쳤다는 문자를 여기저기에 보내고 있었다.

아내는 수술을 마치고 나니 일단 한고비를 넘은 것 같아
마음이 편하다고 했다.

저녁에 나온 죽을 맛있다며 2~3분 만에 후딱 비워냈다.

나는 간병 차 와 있는 처제에게 내일부터는 간병이 필요 없을 것 같다고 했다.

　아내는 자신이 유방암 걸린 것 빼고는 다 건강한 것 같다고 했다.

　나는 유방암 안 걸린 것 빼고는 다 골골한 것 같다고 했다.

　아내가 밝아 보여 좋았다.

　앞으로 많은 치료 과정이 남아 있지만, 그건 그때 가서 고민하기로 했다.

　오늘은 수술을 무사히 마친 것에 대해서만 감사하고 감사하기로 했다.

오 전 의

병 실

병실로 햇살이 들어온다.
창문을 열면 바람이 들어온다.
TV를 켜면 웃음소리가 들려온다.
책을 펴면 졸음이 몰려온다.
문 너머에서 소독약 냄새가 스며든다.
손을 잡으면 따스함이 느껴진다.
눈이 맞으면 미소가 지어진다.

아침 회진이 끝난 오전의 병실은 고요하다.
아내의 얼굴에도 평안함이 감돈다.

등 긁기

등이 가렵대서 등을 긁어주었어요.

붕대로 싸맨 부위에서 열이 난대요.
샤워를 할 수 없어 찝찝하대요.
겨드랑이를 수술해서 팔을 들 수 없대요.
등이 가렵지만 혼자서 긁을 수 없대요.

당신 손은 안 닿지만, 제 손은 닿아요.
등이 가려울 때는 언제든지 말해주세요.
지금까지는 당신이 긁어주었으니,
이제부터는 제가 긁어드릴게요.

출 근 길

하얀 구름이 보이네요.
구름 너머로 파란 하늘이 보여요.
바람이 살랑 부네요.
머리가 맑아져요.
나뭇잎이 벌써 빨개졌어요.
올해 단풍 구경은 못 가는 건가요?
내 차에는 먼지가 잔뜩 쌓여 있어요.
세차 좀 안 했다고 큰일 나는 건 아니잖아요.
차 안에는 김동률의 〈기적〉이 나오고 있어요.
나도 따라 흥얼거려요.

오늘은 즐거운 일만 가득했으면 좋겠어요.
무슨 일이 있더라도 웃으며 넘길 수 있으면 좋겠어요.

（（ 꽃 바 구 니

오늘은 한 정거장 더 가 충무로역에서 내렸습니다.

충무로역에서 병원으로 걸어오는 길에 꽃집을 봤던 기억이 언뜻 났기 때문입니다.

퇴원을 하루 앞둔 오늘 같은 날에는 활짝 핀 꽃을 선물해야 합니다.

이렇게 이른 아침에 문을 열었을 리 만무한데도 주변을 두리번거리며 걸었습니다.

꽃집을 찾았지만, 문은 당연히 닫혀 있습니다.

꽃집 위치를 기억해두고 발길을 돌렸습니다.

점심을 마치고 꽃집을 찾아갔습니다.

꽃집 안에는 꽃향기가 자욱했습니다.

꽃바구니를 주문하니 어떻게 메모를 남길지 물었습니다.

무슨 말을 써야 할지 쑥스러웠습니다.

한참을 고민하다 말했습니다.

'건강하게 놀러 다닙시다.'

꽃을 보자 아내의 얼굴에 화색이 돕니다.

병실 안에 약 냄새 대신 꽃향기가 가득합니다.

꽃이 나를 대신하여 말합니다.

두려웠을 텐데 잘 견뎌줘서 고맙습니다.

앞으로도 힘든 일이 많을 테지만 잘 이겨내리라 믿습니다.

당신은 나에게 가장 소중한 사람입니다. 그리고 사랑합
니다.

당신은 나에게
가장 소중한 사람입니다.
그리고 사랑합니다.

수 술 병 리 조 직 검 사

결 과

Invasive carcinoma of no special type(16.0×13.0mm),

AJCC prognostic stage group IA{pT1c pN0 pMX, G2, HER2(+),

ER(+), PR(+)}

1. 종양 크기가 2cm보다 작다.

  - 생각보다 작아서 다행이에요.

2. 암세포가 전이된 겨드랑이 림프절이 발견되지 않았다.

  - MRI에서는 겨드랑이 림프절이 보였는데, 가슴을 쓸어내렸어요.

3. 전신 전이가 아직 평가되지 않았다.

  - PET-CT는 수술하고 찍기로 했어요.

4. 절제연이 깨끗하다.

  - 수술 잘하신다고 했잖아요.

5. 주 종양 하방에 상피내암이 퍼져 있다.
 – 방사선치료를 잘 받아야겠어요.

6. 호르몬 수용체가 양성이다.
 – 호르몬치료가 효과적이겠네요.

7. 암세포 성장을 촉진하는 유전자인 HER2가 발현되어
있다.
 – 표적치료제가 개발되어 있어서 다행이에요.

암이라고 하면 사람들은 몇 기냐고 물어봅니다.

1기라고 하면 다행이라고 말합니다.

검사 결과가 더 나와야 몇 기인지 확실히 알 수 있다고
하면 뭐라 해야 할지 몰라 당혹해합니다.

사람들은 다행이라는 말을 하고 싶어 합니다.

그들을 당황하게 하지 않기 위해서라도 그냥 1기라고
해야 합니다.

PET-CT 결과가 안 나왔으면 어떻습니까?

이제부터는 당당하게 1기라고 하겠습니다.

앞으로 방사선치료, 항암치료, 표적치료, 호르몬치료 모두 열심히 받겠습니다.

수술해주신 외과 교수님, 판독해주신 병리과 교수님 진심으로 감사드립니다.

여 행

　일상을 벗어나는 것이 여행이래.

　우리는 지금 아무도 신청하지 않은 '패키지여행'을 떠나온 거야.

　사실 '패키지여행'이라기보다는 '묻지마여행'에 가까운 것 같아.

　도무지 가고 싶지 않은 여행이지만, 어떡하겠어? 한번 떠나온 이상 돌이킬 수는 없어.

　일정표를 확인해보니 두려움이 먼저 앞서.

　우리가 이 여행을 완주할 수 있을까?

　우리는 이제야 두 도시를 지나왔어.

　'진단-시티'에서는 두려움에 눈물도 많이 흘렸어.

　도망갈 수만 있으면 도망가고 싶었어.

　그러나 도망갈 길은 허락되지 않았어.

　마음을 가다듬고 계속 전진할 수밖에 없었어.

　'수술-시티'에 도착하니 오히려 마음이 편해졌어.

힘든 일정이라 생각했지만, 생각보다는 견딜 만했어.

주변에 도와주는 사람도 많았어.

끝까지 완주할 수 있겠다는 자신감도 생겼어.

아직도 우리 앞에는 '**방사선치료-시티**'와 '**항암치료-시티**'가 남아 있어.

피할 수만 있다면 피하고 싶지만, '**완치-시티**'로 가기 위해서는 반드시 이 두 도시를 지나가야 한대.

그래도 이 두 도시만 통과하면 악명 높은 '**재발-시티**'와 '**전이-시티**'로는 가지 않아도 된대.

그게 어디야?

우리 다시 한번 용기를 내보자.

일상을 떠나 일상의 소중함을 깨닫게 되는 것이 여행이래.

우리가 원해서 떠나온 여행은 아니지만, 이 여행을 통해 깨닫는 것이 많아.

내 인생에서 가장 소중한 사람이 누구인지.

당신과 함께했던 매일의 일상이 얼마나 소중했는지.

여행을 마치고 돌아갈 우리의 일상이 얼마나 아름다
울지.

우리의 여름은
아직 끝나지 않았다.

여 름
안 에 서

우리가 처음 만났을 때 아내 나이는 고작 21살이었다.
21살의 아내는 싱그러웠다.
우리는 여름에 만났다.
21살의 아내는 듀스의 〈여름 안에서〉를 좋아했다.
노래방에 가면 이 노래를 자주 불렀다.

언제나 꿈꿔온 순간이
여기 지금 내게 시작되고 있어.
그렇게 너를 사랑했던
내 마음을 넌 받아주었어.

우리의 사랑은 그렇게 시작되었다.
우리의 사랑은 많이 유치했고, 많이 뻔뻔했다.
듀스의 축복 속에 21살의 아내는 많이 행복해했다.
지금도 듀스의 노래를 들으면 21살의 아내 모습이
떠오른다.
그런 아내를 지켜주고 싶어 하는 내 마음과 함께.

더 이상 슬픔은 없는 거야.
지금 행복한 너와 나
태양 아래 우린 서로가
사랑하는 걸 알아.

오늘도 나는 듀스의 노래를 듣고 있다.

20년이 지난 지금도 우리는 여전히 유치하고, 여전히 뻔뻔하다.

지금도 아내는 나를 보며 행복한 미소를 짓는다.

지금도 나는 그런 아내의 미소를 지켜주고 싶다.

우리의 여름은 아직 끝나지 않았다.

난 너를 사랑해.
난 너를 사랑해.
난 너를 사랑해.
난 너를 사랑해.

게 으 른
가 정 적 인   남 편

아내는 나를 '게으른 가정적인 남편'이라고 불렀다.

가족들에게 자상하고
가족들의 마음을 잘 헤아리고
가족들과 함께 지내는 시간을 즐거워하고
가족을 무엇보다 소중하게 여기나
집안일은 함께하지 않는다는 말이다.

아내는 '게으른 가정적인 남편'과 사는 것을 좋아했다.

자신이 챙겨줄 것이 있다는 것이 즐거웠고
자신의 집안일에 간섭하지 않는 것이 만족스러웠고
자신이 없으면 집이 전혀 돌아가지 않는 것이 흐뭇했고
자신이 힘들 때 잔소리 들어줄 사람이 있다는 것이 흡족
했기에
집안일을 도와주지 않는 것은 크게 중요한 문제가 아
니라고 생각했다.

이제 나는 '게으른'이란 수식어를 떼내야 한다.

가족들에게 여전히 자상하고
가족들의 마음을 여전히 잘 헤아리고
가족들과 함께 지내는 시간을 여전히 즐거워하고
가족을 무엇보다도 여전히 소중하게 생각하기에
이제는 집안일의 세계에 입문하려 한다.

(사실은 두렵다.)

아빠의
잔소리

너희들,
아빠가 집안일을 맡게 된 이상
너희는 아빠의 끊임없는 잔소리에
시달리게 될 거야.

너희가
엄마의 잔소리는 꾀꼬리 소리였음을
엄마는 정말 천사 같은 분임을
깨닫게 할 거야.

너희들,
아빠 잔소리 듣기 싫으면
엄마를 위해 기도해.
건강 회복하여 빨리 제자리로 돌아올 수 있게 해달라고.

사 춘 기

딸 ((

엄마의 암 소식을 알리니 딸이 자신도 할 말이 있다며
울먹거린다.
자신이 요즘 힘들었다는 이야기를 꺼냈다.
가만히 있어도 눈물이 나고 숨을 몰아쉬게 된다고 했다.
몸이 아파서 시험공부도 제대로 못 했다고 했다.
자신이 왜 이러는지 모르겠다며 펑펑 울었다.
암에 걸린 엄마가 사춘기 딸을 위로해야 할 판이었다.

딸은 즐겁게 학교생활을 하는 아이였다.
주변에 친구들이 항상 즐비했다.
친구들과 있었던 일들도 집에 와서 곧잘 이야기했다.
그래서 크게 걱정하지 않았다.
잘 지내고 있으려니 생각했다.
그러고 보니 딸과 깊이 있게 이야기한 지 꽤 오래되었다.

딸은 뒤늦게 사춘기가 온 거다.
모든 관심이 자신에게 집중되어 있다.

자신의 문제에 함몰되어 다른 것들이 보이지 않는다.

엄마에게 위로의 말 한마디 건네지 않는다.

눈도 잘 마주치지 않는다.

딸의 모습에서 '미안함'을 읽는다.

엄마, 아빠의 기대에 제대로 부응하지 못하고 있다는
미안함.

미안함에 눈도 못 마주치고, 위로의 말 한마디 건네지
못한다.

엄마가 퇴원해서 돌아왔다.

딸은 친구 집에 놀러 갔다.

밤 10시가 다 되어서야 들어왔다.

오늘 같은 날에는 조금 일찍 들어와 주면 좋으련만.

식사를 같이하며 수술이 힘들지는 않았는지, 지금은
괜찮은지 물어봐 주면 좋으련만.

딸에게 싫은 소리는 하지 않았다.

스스로 정리할 수 있기를 기다린다.

딸에게도 시간이 필요하다.

암보다 무서운 것이 사춘기다.

개 구 쟁 이

아 들

엄마가 병원에 입원했다.

아들은 외할머니가 차려준 밥을 먹고 학교에 다녔다.

여전히 유튜브를 보고, 핸드폰 게임을 하며 깔깔거린다.

혼자서도 학원 숙제를 빼먹지 않는다.

아빠를 보면 엄마 수술 결과를 묻는다.

틈나는 대로 엄마에게 전화한다.

전화를 끊을 때면 언제나 "사랑해"라고 말한다.

잠이 들 때면 언제나 아빠를 찾는다.

아빠가 늦으면 아빠 베개를 옆에 두고 잠이 든다.

아빠가 출근할 땐 "잘 다녀오세요"라고 말한다.

아들은 여전히 개구쟁이다.

그러나 아침에 일어나서 보면 두 눈에 슬픔이 묻어 있다.

엄마가 퇴원해서 돌아왔다.

아들은 반가워 말이 많아졌다.

오자마자 'BANG' 보드게임을 하자고 조른다.

엄마 손에 힘이 없어서 힘들다고 하니 수술 안 한

왼손으로 하면 된다고 한다.

 'BANG' 보드게임을 하며 활짝 웃었다.

 아들은 여전히 개구쟁이다.

 퇴원한 엄마를 바라보는 두 눈에 행복이 묻어 있다.

《 아 리 다

팔이 심하게 아려요.
어깨부터 팔꿈치까지 찌르듯이 아파요.
수술한 부위도 아닌데 왜 그런 거죠?
뭐가 닿기만 해도 통증이 심해져요.

유방암 수술을 하고 나면
신경 손상으로 인한 통증이 흔하다는데,
아내만은 안 생기길 바라지만
아내라고 안 생길 이유는 없다.

시간이 지나면 대부분 좋아진다지만,
수년간 지속되기도 하고
방사선치료를 하면 더 심해지기도 한다는데,
경과가 좋기만을 바랄 뿐이다.

예전에 받아놓은 진통제를 꺼내준다.
효과가 있기를 바라지만,

여보, 좀 괜찮아요?
똑같아요.

시 어 머 니 ((

아내를 일으킨 것은
의사가 처방한 약이 아니라 시어머니였다.
아침에 일어나보니
너저분하게 널려 있던 물건들이 정리되어 있었다.
오늘 오후에는 시어머니께서 올라오신다.

시어머니께서 올라오시는 것은
며느리 건강이 걱정되기도 하겠지만,
아들이 어떻게 지내나 궁금해서일 것이다.
아들이 좋아하는 반찬을 준비하느라
밤새 잠을 못 주무셨을 것이다.

부모의 마음이 그렇다.
올라올 필요 없다고 투덜거려도
본인이 준비한 밥 한술 먹여야 마음이 편해진다.
그러나 아내를 일으킨 것은
시어머니께서 준비한 음식이 아니라 시어머니 존재

자체였다.

비 비 고

마트에 가서 '비비고'를 샀다.

집에 반찬이 없는 것은 아니었다.

아이들이 잘 먹을지 궁금했을 뿐이었다.

'비비고'는 종류도 다양하다.

차돌된장찌개, 소고기미역국, 두부김치찌개, 단호박
죽, 치즈크림 함박스테이크, 고소한 고등어구이……

별게 다 즉석식품으로 나와 있다.

아이들이 좋아할까?

아내는 조만간 다시 입원한다.

도와줄 분이 항상 있을 수는 없다.

그들도 그들의 일상이 있다.

우리는 우리 힘으로 먹고살 수 있어야 한다.

그 누구의 도움 없이도 생존할 수 있는 일체의 비결을
배워야 한다.

내가 현재 할 수 있는 음식은 라면과 달걀프라이뿐
이다.

    이런 우리에게 '비비고'가 비빌 언덕이 되어줄 수 있
을까?

((과 속 방 지 턱

과속방지턱은 곳곳에 숨어 있습니다.

학교 앞에도, 아파트 단지 안에도, 주택가 골목길에도
설치되어 있습니다.

미리부터 속도를 줄여 부드럽게 넘어가야 하지만,

무심코 넘어갈 때가 많습니다.

차량 수명 단축되는 소리가 들립니다.

수술을 마친 아내는 과속방지턱을 넘어갈 때마다 끙끙
앓는 소리를 냅니다.

수술한 쪽 팔이 울리기 때문입니다.

최대한 부드럽게 넘어가야겠다고 생각은 하지만,

그것이 항상 마음처럼 되지는 않습니다.

아내 신경 자극되는 소리가 들립니다.

갑자기 과속방지턱이 신경 쓰입니다.

과속방지턱은 원래부터 신경 쓰라고 만든 것입니다.

이제라도 신경 쓰며 운전하려고 합니다.

운전은 습관이기에 항상 신경 쓰며 운전해야 합니다.

아내를 태우고 갈 때는 베스트 드라이버가 되어야 합니다.

아내의 질병이 '자신보다 앞서서 폭주하지 말라'고

하나님께서 설치한 과속방지턱인 것은 아닐까, 하는 생각이 문득 들었습니다.

당신이 보낸 신호를 따라 살겠습니다.

당신보다 앞서지 않겠습니다.

당신과 동행하겠습니다.

((속 상 하 다

퇴근길에 어머니께 전화를 드렸다.
특별한 용건이 있었던 것은 아니었다.
심심해서 전화했다.

어머니는 어느 병원 응급실에 계셨다.
아버지께서 몸이 안 좋아서 병원에 왔다고 하셨다.
힘을 쓰면 가슴이 아프고, 쉬면 좋아진다고 하셨다.
대충 들으니 협심증이 의심되었다.
그런데 검사 결과가 괜찮다며 집으로 간다고 하셨다.
검사는 제대로 한 것일까?
심장 검사가 가능한 큰 병원으로 옮겨야 하는 것은 아
닐까?
여러 가지 생각이 들었다.

광주에 내려가 봐야 하는 것은 아닐까?
아픈 아내와 같이 내려가기도 그렇고,
아픈 아내만 남겨두고 다녀오기도 그렇다.

광주에 있는 다른 가족들을 믿어보기로 한다.
그런데 괜히 속상하다.
집에 와서 아들 밥을 차려주고
침대에 누워 눈을 감는다.

내일 다시 연락드려서
증상이 계속된다고 하면
아내만 남겨두더라도 내려갔다 와야겠다고 생각한다.
요즘은 KTX가 워낙 빠르니까.
그래도 속상하다.

실 밥
제 거 ((

건강검진 후 29일
조직검사 후 24일
MRI 촬영 후 17일
가족사진 촬영 후 13일
수술 후 11일
퇴원 후 6일

실밥을 제거했다.
몸이 가벼워졌다.
남편은 반차를 냈다.
이런 날에는 이태리식당에 가야 한다.
이렇게 한 달이 흘렀다.
많이 울고, 많이 의지하고, 다시 용기를 냈다.

예 방 주 사

너희는 엄마의 잠재적 감염원이다.

너희가 감기에 걸리면 엄마에게 옮길 수 있다.

너희는 위생 관리에 최선을 다해야 한다.

집에 들어오면 비누로 30초 이상 손을 씻는다.

양치질도 3분 이상 꼼꼼히 한다.

엄마와 뽀뽀하는 것도 삼간다.

기침할 때에는 옷소매로 가리고 한다.

감기 증상이 있으면 병원에 바로 가서 치료한다.

항암치료를 하는 동안에는 엄마를 만지기 전에 반드시
손 소독제를 사용한다.

그리고 항상 따뜻하게 입고 다닌다.

너희는 오늘 독감 예방주사를 맞는다.

잠재적 감염원인 너희가 치명적인 독감에 걸리면 엄
마에게 옮길 수 있다.

너희가 독감에 걸리지 않기 위해 맞으라는 것이 아니다.

올겨울 엄마가 독감에 걸릴 가능성을 조금이라도 줄

이기 위해 맞으라는 것이다.

그런 의미에서 독감 예방접종은 엄마에 대한 너희 사랑의 실천이다.

주사가 아무리 겁나고 아프더라도 엄마를 사랑하는 마음으로 반드시 참아내야 한다.

엄마는 어제 독감 예방주사뿐만 아니라 폐렴 예방주사까지 맞았다.

주사를 맞고 나면 주사 부위를 열심히 문지르도록.

우리는 가족이다.

엄마의 건강은 우리 손으로 지킨다.

《 생 리 통

아내는 침대에 누워 있다.
'그날'이 찾아왔다.
수술 후 처음 맞는 생리.
진통제를 찾는다.

아내는 이전보다 통증이 심하다고 했다.
유방 수술이 생리통에 직접적인 영향을 줬을 것 같진
않지만,
아내는 이전보다 통증에 민감해졌다.
진통제를 가져다준다.

생리라는 게,
있을 때는 귀찮다가도
없어지면 서운하다.
여자로서의 생명이 다한 것 같다.

아내는 앞으로 호르몬치료를 받아야 한다.

생리에 영향을 줄 것이다.
자궁내막암 위험도 증가한다.
성 기능의 변화로 우울해질지도 모른다.

오늘 아내의 생리통은 심하다.
남편은 침대에 누워 있는 아내를 다독인다.
점점 괜찮아질 거라고.
남편은 오늘따라 생각이 많다.

배 액 관

제 거

40, 20, 60, 70, 40, 40, 30, 30, 30, 30, 20, 20

퇴원 후 매일 아침은 아내의 흡인백을 비우는 것으로
시작되었다.

아내의 완쾌를 바라는 일종의 의식과도 같다.

두 손을 깨끗이 씻는다.

클립을 잠근다.

흡인백 마개를 연다.

알코올 솜으로 입구를 소독한다.

흡인백에 찬 분비물을 따라낸다.

알코올 솜으로 입구를 다시 소독한다.

흡인백을 압축한 후 마개를 닫는다.

클립을 푼다.

경건한 마음으로 배액량을 확인한다.

배액량이 20cc/일 이하로 줄어들면 배액관°을 제거할
수 있다.

두 손을 다시 씻는다.

- **수술 후 16일, 퇴원 후 11일**
  - 배액량이 드디어 20cc/일로 줄어들었다.
- **수술 후 17일, 퇴원 후 12일**
  - 병원에 방문하여 배액관을 제거했다.
  - 방사선종양학과 교수님을 뵙고 방사선치료 계획을
세웠다.

나는 아내에게 말했다.

오늘부터 방사선치료를 시작하기 전까지가 앞으로의
일 년 중에서 가장 건강한 시기일 수 있다고.

만나고 싶은 사람도 만나고, 가고 싶은 곳도 가면서
충분히 즐겁고 재밌게 지내라고.

같은 날 워싱턴 내셔널스는 창단 50년 만에 처음으로
월드시리즈에서 우승했다.

객관적 전력은 열세였으나, 기적처럼 우승했다.
축제가 열렸다.

아내는 생애 40년 만에 처음으로 배액관을 제거했다.
기적은 아니고, 뺄 때가 돼서 뺐다.
우리도 우리만의 축제를 열자.

○ 수술 부위에 고인 혈액이나 체액을 배출하기 위해 넣는 관

샤 워

아이들이 모두 나간 토요일 오전,
아내는 샤워를 서두른다.
아내는 아이들이 오기 전에 마쳐야 할
중요한 미션이 있다고 했다.
동공이 흔들린다.
아내의 샤워 소리가 들려온다.
오늘따라 물소리가 크다.
샤아악! 샤아악!
샤워를 마친 아내는 몸을 닦고 있다.
나에게도 씻고 들어오라고 한다.
아내의 엄격한 명령 앞에
순종하지 않을 도리가 없다.
문을 열고 들어간 나는
깨끗이 씻은 아내의 몸을 살핀 후,
거즈를 새로 갈았다.

오늘 미션 클리어!

〔〔 문 화 생 활

아내는 김동률 콘서트에 가고 싶어 했습니다.

우여곡절 끝에 티켓을 두 장 구했습니다.

옆자리도 아니고 떨어진 자리였지만,

그렇게라도 가고 싶어 했습니다.

어떻게라도 보내주고 싶었습니다.

방사선치료 일정이 잡혔습니다.

7주 동안 34회를 받아야 합니다.

이렇게나 오랫동안 받는 줄 몰랐습니다.

방사선치료 기간 중에 콘서트가 열립니다.

콘서트에 갈 수 있을까요?

급하게 인터넷을 검색합니다.

방사선치료 시작까지 10여 일 남았습니다.

김동률 콘서트를 대체할 만한 공연을 찾습니다.

얼마나 검색했을까요?

홍광호가 출연하는 어느 뮤지컬 두 좌석이 포착되었

습니다.

티켓 예매 후 아내에게 문자를 남깁니다.
'여보, 뮤지컬 볼래요?'
'무슨 뮤지컬인데요?'
'홍광호 나오는 거.'
'〈스위니 토드〉? 안 그래도 어제 친구들과 이야기했는데,
어쩜!'

아내는 오랜만의 문화생활에 즐거워했습니다.
공연을 보며 많이 웃었습니다.
나도 또한 아내의 웃음소리에 흐뭇해졌습니다.
집에 가는 길에 아내가 말했습니다.
김동률 콘서트에도 가고 싶다.

뮤지컬은 뮤지컬이고, 콘서트는 콘서트였습니다.
어떻게든 보내주고 싶습니다.

○ ○ ○ ○ ○
방사선치료

낙엽 지는
아 침

바람에 낙엽이 흩날리는 아침입니다.

날씨가 갑자기 추워져 작년에 입던 패딩점퍼를 챙깁니다.

부쩍 큰 아들을 위해 패딩을 새로 사줘야 하나 고민합니다.

올겨울은 따뜻했으면 좋겠다고 생각합니다.

아내는 오늘 병원에 다시 입원합니다.

장모님도 다시 올라오십니다.

이제 병원 짐도 착착 챙깁니다.

처음 입원할 때보다 많이 편해졌습니다.

아내는 7주 동안 방사선치료를 받아야 합니다.

7주는 결코 짧은 기간이 아닙니다.

인터넷으로 방사선치료 부작용에 대해 검색합니다.

땀나는 여름이 아니라 다행이라고 생각합니다.

해마다 낙엽 지는 가을이 되면 마음이 경건해집니다.

기도하는 마음으로 하루하루를 살아가게 됩니다.

가을바람에 나뭇잎이 떨어지는 아침입니다.

치료광선에 모든 암세포가 떨어지기를 기도하는 아침
입니다.

가 장   좋 은
생 일   선 물

아들은 일주일 전부터 곧 자기 생일이라며 설레했습니다.

생일 선물은 오래전에 사줘서 기억도 나지 않습니다.

갖고 싶은 것이 생길 때마다 이것을 생일 선물로 하겠다며 미리 사달라고 졸라서 몇 번을 사줬습니다.

생일이 지나면 이제 크리스마스 선물 차례입니다.

생일을 이틀 앞두고 엄마가 입원했습니다.

아들은 엄마 없이 생일을 지내야 합니다.

아들은 생일날 저녁에 엄마 문병을 가겠다며 자신을 데리러 와달라고 했습니다.

나는 '비비고 미역국'을 맛있게 끓여주겠다고 했습니다.

생일 전날, 아내는 방사선 모의치료를 받았습니다.

몸 여기저기에 파란색 십자가가 새겨졌습니다.

방사선을 실제로 쬔 게 아닌데도 아내는 힘들어했습니다.

오후에는 특별한 일정이 없었습니다.

아내는 입원 하루 만에 외출을 신청했습니다.
집에 가는 길에 아이스크림 케이크를 샀습니다.
자신을 반길 아들을 생각하니 전혀 피곤하지 않았습니다.
아들은 엄마를 보며 환하게 웃었습니다.

아들이 나에게 말했습니다.
가장 좋은 생일 선물을 데려와 줘서 고맙다고.
나는 아들에게 말했습니다.
너는 하나님께서 엄마와 아빠에게 보낸 가장 귀한 선물이라고.

나는 아들에게 말했습니다.
너는 하나님께서
엄마와 아빠에게 보낸
가장 귀한 선물이라고.

PET - CT
결 과

FINDING:

1. Right breast op. site 및 axilla에 irregular increased FDG uptake가
보임.

2. 다른 특이 소견 없음.

CONCLUSION:

1. Possibly, post-op. change in right breast and right axilla.

DDx. concomitant small remained tumor.

2. No definite hypermetabolic abnormality suggestive of distant
metastasis.

정말 두려운 것은 치료가 아니라 진단이다.
진단이 내려지고 나면 치료는
정해진 가이드라인에 따라 순서대로 진행된다.
진단이 내려지기까지의 과정이 오히려
우리를 숨 막히게 한다.

뒤늦게 PET-CT를 찍었다.
수술받고 나서 많이 편해졌다고 생각했는데
두려움이 스멀스멀 올라왔다.
괜찮을 거라고 생각하면서도 은근히
검사 결과가 신경 쓰였다.

수술한 가슴과 겨드랑이에 뭔가 보인다는데,
수술 후 변화일 수도 있지만
남아 있는 암일 수도 있다는데,
이것은 괜찮다는 것도, 괜찮지 않다는 것도 아니다.
그래도 다른 장기로 전이되지 않은 것이 어디야.

유방암이 원래 그렇다.
암세포가 유관을 타고 주변으로 쉽게 퍼진다.
유방보존수술을 받게 되면 미세암이
가슴에 남아 있을 것으로 가정하고 반드시
방사선치료를 받아야 한다.

지금 우리가 해야 할 것은 무엇?
방사선치료를 열심히 받는 것뿐.
고민하지 말고.
걱정하지 말고.
불안해하지도 말고.

비 오는 금요일

퇴근길

하루 종일 비가 옵니다.

아침에는 우박도 내렸습니다.

퇴근 시간도 안 됐는데 벌써 어둑어둑합니다.

티맵을 켜서 퇴근길 교통상황을 확인합니다.

평소보다 30분은 더 걸리는 것으로 나옵니다.

비 오는 금요일 퇴근길에 차가 막히는 것은 당연합니다.

아내는 오늘 첫 방사선치료를 받았습니다.

무엇이든 처음은 두렵습니다.

막상 치료는 오래 걸리지 않았습니다.

특별히 아픈 것도, 불편한 것도 없었습니다.

아내는 무사히 첫발을 내디뎠습니다.

이제 33번의 방사선치료가 남았을 뿐입니다.

오늘은 비 오는 금요일, 아내와 함께 퇴근합니다.

아내는 차가 막혀도 집에 가는 것이 즐겁습니다.

첫 방사선치료가 힘들지 않았던 것은 분명합니다.

아내는 자기가 옆에 있어 꽉 막힌 퇴근길이 덜 지루하지 않냐며 생색을 냅니다.

나는 내가 함께 있어 아내의 기나긴 치료 과정이 덜 힘들었으면 좋겠다고 생각합니다.

비 오는 금요일 퇴근길, 차 좀 막히면 어떻습니까?

아내는 앞으로 주중에는 매일 방사선치료를 받고
주말에는 집에 와 있을 예정입니다.
월요일 아침에 함께 출근해서
금요일 저녁에 함께 퇴근할 예정입니다.
투여된 방사선량이 누적될수록 아내는 조금씩 더 힘들어하겠지요?
출퇴근길에 함께 들을 수 있는 힐링 음악을 준비해야겠습니다.

방 청 소

오늘은 딸아이의 방 청소를 했다.
다 큰 딸 방에 들어가기가 뭐해서
평소에는 거의 들어가지 않았다.
오늘은 집 안 위생 관리를 위해
독서실에 간 틈을 노려
비밀리에 잠입하기로 했다.

이 집에 이사 올 때 딸은 초등학생이었다.
지금은 어느새 고등학생이 되었다.
딸 방에는 세월의 흔적이 쌓여 있었다.
서랍에는 액체괴물이 굳어 있고,
상자에는 친구들과 주고받은 편지가 담겨 있고,
책장에는 쓰다만 공책이 꽂혀 있다.

깨끗이 정리하려면 과감히 버려야 한다.
버리지 않으면 새것을 채울 수 없다.
중학생 때까지 쓰던 물건들을 하나하나 내놓았다.

어느 것 하나 추억이 깃들지 않은 것이 없었다.

딸아이의 손때가 묻어 있는 물건들을 버리려니 마음이
침울해졌다.

딸아이의 그 시절을 함께 버리는 것만 같았다.

딸은 물건을 잘 버리지 못한다.

엄마가 버리라고 해도 구석구석 쌓아놓는다.

내가 나서서 버리지 않았다면 조만간 창고가 되었을
지도 모른다.

딸이 오기 전에 잠들어야 한다.

밖에서 벨 소리가 들려온다.

두 눈을 꾹 감는다.

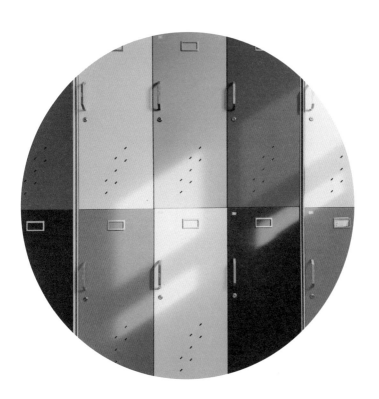

노 트 북

우리 집엔 오래된 노트북이 있다.
10년 전엔 최신 기종이었다.
꽤나 비싸게 주고 샀다.
지금도 온 가족이 이 노트북을 쓰고 있다.
부팅하는 데 시간은 오래 걸리지만,
워드 작업 정도는 충분히 할 수 있다.

아들은 이 노트북으로 온라인 숙제를 한다.
숙제하다가 노트북이 멈추면 엄마를 부른다.
엄마가 만지면 노트북이 다시 돌아간다.
엄마는 마법사다.
노트북이 완전히 멈추면 새 노트북을 사려고 했는데,
골골 팔십이다.

엄마가 병원에 입원했다.
아들이 매일같이 엄마에게 전화했다.
"엄마, 노트북이 멈췄어. 숙제 어떻게 해?"

"껐다 켜봐."

"그래도 안 돼. 선생님한테 전화 좀 해줘."

"아빠가 저녁에 가서 노트북 봐줄 테니까, 다른 숙제부터 하고 기다려."

병원에 다시 입원하기 전에 새 노트북을 주문했다.

엄마도 옆에 없는데 노트북이 자꾸 멈춰서 속상해할 까 봐 걱정됐다.

아들은 새 노트북을 받자마자 비밀번호부터 설정했다.

"온 가족이 함께 써야 하는데 비밀번호를 걸어놓으면 어떻게 하니?"

"누나한테는 새 핸드폰 사줬잖아. 이 노트북은 나 혼자 쓸 거야."

그래도 숙제하다가 노트북 멈췄다고 엄마에게 전화하 는 일은 이젠 없을 거다.

호 박 죽

수간호사님께서 호박죽을 쑤어 오셨어요.
나 먹으라고 만든 것은 아니래요.
아내 먹고 기운차리라는 거래요.

아내가 맛있게 먹어요.
나도 한 숟가락 뺏어 먹어요.
호박죽에는 호박만 들어 있지 않아요.

호박죽에는 팥도 있고, 콩도 있어요.
호박죽에서는 꿀맛이 나요.
아, 이것은 뭔가요?

수간호사님의 사랑이 씹혔어요.
사랑이 흡수되어 마음에 채워져요.
사랑이 채워진 만큼 두려움이 사라져요.

개 구충제의 항암효과는 아무런 근거가 없지만,

수간호사님 호박죽의 치료 효과는 확실해요.

소중한 사람들과 함께 살아가는 기쁨을 주었어요.

욱 신 거 리 다

방사선치료 5회 차를 마친 후,
가슴이 욱신거리기 시작했다.

2~3일 전부터 겨드랑이가 따끔거린다더니
통증이 조금씩 증가하고 있다.

많이 아프면 참지 말고 간호사에게 말하랬더니
아직 그 정도는 아니라고 했다.

방사선치료 횟수가 더해갈수록
통증이 점점 심해질 텐데.

방사선치료 횟수가 더해갈수록
피부도 점점 벌게질 텐데.

행복하자, 우리. 행복하자.
아프지 말고, 아프지 말고.

○ Zion. T. 〈양화대교〉

급 성   충 수 염

오늘부터 아픈 게 아니어 보이는데.
뭘 아이 아삐°가 어른 아삐 같아.
여기저기 다 들러붙어 있었어.
내일까지 뒀으면 터졌을 것 같은데.

수술하신 교수님께서 수술 끝나고 처음 한 말이다.

아들은 오늘 아침 아픈 내색을 전혀 하지 않았다.

다만 "엄마, 오늘 병원 안 가면 안 돼?"라고 했을 뿐
이다.

엄마와 헤어지기 싫어 칭얼대는 소리로만 생각했다.

아들은 점심시간에 크게 토한 후 조퇴했다.

오후에 외할머니와 함께 들린 의원에서는 요즘 장염이
유행한다는 말만 들었을 뿐이다.

그리고는 집에서 잠을 잤다.

자고 일어나서도 계속 배가 아팠다.

퇴근하여 집에 가는 길에 아들에게 전화했다.

목소리에 힘이 전혀 없었다.

이건 단순한 '장염' 목소리가 아니었다.

'아빠' 목소리였다.

집에 가자마자 아들을 데리고 응급실로 향했다.

외과 당직 교수님이 오셔서 바로 수술해주셨다.

엄마만 왜 1인실 쓰냐며 샘내던 그 1인실로 입원시켰다.

수술 끝난 아들 얼굴을 쓰다듬으며 생각이 많다.

아들은 아픈 걸 참은 것일까?

아프다는 신호를 보냈는데 우리가 알아채지 못한 것일까?

엄마의 빈자리는 이렇게 표시가 난다.

그래도 복막염의 위험에서 널 구해낸 사람은 아빠다.

○ 충수염(appendicitis)

초코우유

아들은 금식 중이에요.
다섯 끼를 굶었어요.
입술이 다 말랐어요.

아들은 방귀를 기다려요.
내가 방귀를 뀌면 부러워해요.
방귀를 뀌면 초코우유가 마시고 싶대요.

아들은 잠을 자는 동안 방귀가 새어 나올까 봐 걱정이
에요.
"자는 동안 방귀를 뀌었는데 아무도 모르면 어떻게
해?"
"자는 동안 나온 방귀는 무효야?"

아들에게서 전화가 왔어요.
드디어 방귀가 나왔다며.
의사 선생님이 물 마셔도 된다고 했다며.

편의점에 초코우유를 사러 가요.

초코우유에 강력한 항균물질인 아빠의 사랑을 담았어요.

항생제 주사는 이제 끊어도 될 것 같아요.

이 ((와 중 에

이 와중에 김동률 콘서트에 갔다.

암 진단을 처음 받았을 때 포기하려 했다.

티켓오픈일에 티켓팅을 실패했을 때 포기하려 했다.

방사선치료 일정이 잡혔을 때 포기하려 했다.

아들이 급성 충수염으로 수술받게 되었을 때 포기하려 했다.

콘서트 당일 퇴원한 아들에게 열난다는 연락을 받았을 때 포기하려 했다.

이 와중에 맛집에 가서 식사를 했다.

이 와중에 서점에 가서 정호승 시인의 시집을 샀다.

이 와중에 카페에 가서 시집을 읽었다.

이 와중에 김동률 콘서트에 가서 나이 듦에 대해 생각했다.

이 와중에 집에 가는 차 안에서 〈아이처럼〉을 들었다.

내게 와줘서
꿈꾸게 해줘서
'우리'라는 선물을 준 그대,
나 사랑해요.°

○ 김동률, 〈아이처럼〉

담 담 함 과
((담 대 함

아내가 암 진단을 받은 후 내 마음속에서 떠나지 않는
두 단어가 있다. '담담함'과 '담대함'.

어떤 환난도 우리 영혼을 해치지 못할 것이라고 믿는
것은 '담담함'이다.

이 환난을 통해 우리를 더욱 연단하시고 더 큰 복을
허락하실 것이라고 믿는 것은 '담대함'이다.

베드로가 쇠사슬에 매여서도 깊이 잠들 수 있었던 것
은 '담담함'이다.°

바울이 깊은 옥에 갇혀서도 하나님을 찬송할 수 있었
던 것은 '담대함'이다.°°

암에 걸린 아내와 농담하며 웃을 수 있는 것은 '담담
함'이다.

암 투병 중인 아내와 하나님께 감사 찬양을 올려드리
는 것은 '담대함'이다.

처음에는 당황했고, 두려웠고, 불안했고, 미안했다.
지금도 때로는 음침한 감정의 골짜기에 빠져 헤매지만,
우리 가정을 지키시는 하나님의 사랑을 믿기에
우리는 오히려 담담할 수 있고,
'담담함'을 넘어 담대할 수 있기를 소원한다.

○ 사도행전 12장 6절
○○ 사도행전 16장 25절

12 월

어 느   새 벽 의   질 문

잠잠해야 할 때가 있고,°
잠잠하지 않아야 할 때가 있다.°°

잠잠히 주의 구원을 기다려야 할 때가 있고,
잠잠하지 않고 주의 구원을 선포해야 할 때가 있다.

잠잠히 믿음으로 기다려야 할 때는 두려움에 요동
치고,
잠잠하지 않고 영광을 돌려야 할 때는 당연한 듯 침묵
한다.

한파가 시작하는 12월 어느 새벽,
차가운 식탁 앞에 앉아 질문한다.

지금은 침묵해야 할 때인가?
소리를 높여야 할 때인가?

이루실 구원을 기대하며 침묵으로 기도하고,
이루신 구원에 감격하여 소리 높여 찬양한다.

○ 시편 60편 1절
∞ 시편 30편 11~12절

이루실 구원을 기대하며
침묵으로 기도하고,
이루신 구원에 감격하여
소리 높여 찬양한다.

방 사 선 피 부 염

예 방 크 림

방사선종양학과 교수님께서 그러셨답니다.

방사선치료가 끝나면 땀구멍까지 모두 까맣게 변할
거라고.

처음부터 그러리라고 생각했기에 전혀 놀랍지 않았습
니다.

방사선치료 횟수가 더해갈수록 피부는 점점 벌게집니다.

벌게진 피부는 점점 거메집니다.

거메진 피부는 물집이 생기거나 벗겨지기도 합니다.

피부색이 원래대로 돌아오려면 일 년 이상 걸립니다.

이를 예방하기 위해 크림을 바릅니다.

방사선치료실 간호사가 물었습니다.

"실손보험 있으시죠?"

"실손보험 없는데요."

*"12만 원 하는 수입제품과 6만 원 하는 국산제품이 있는데,
어떤 제품으로 하실래요?"*

"직원가족 할인은 없나요?"

"비급여 항목이라 직원가족 할인은 없습니다."
"수입제품으로 주세요."
가격이 두 배 비싸면, 효과도 두 배 좋을 것만 같습니다.

방사선치료 15회 차까지 마친 지금은 피부가 약간 벌게진 정도입니다.
아내는 피부가 벗겨지지만 않았으면 좋겠다고 합니다.
이를 위해 매일 크림을 바릅니다.
하루에 두 번 정성껏 바릅니다.
거울로 확인하며 골고루 바릅니다.
크림이 마를 때까지 기다립니다.
기다리다 피곤하면 잠이 듭니다.
아내는 잠들어도 크림은 일하고 있습니다.

의 사 국 가 시 험

합 격 률

의사국가시험 합격률은 90%를 넘는다.
의대에 입학하여 의대 교과과정을 따라가기만 하면
대부분 의사가 될 수 있다는 말이다.
그러나 아무도 의대 공부가 쉽다고 생각하지 않는다.
합격률이 높다는 것이 공부가 쉬움을 의미하진 않는다.

의사가 된 후 어느 날,
의대 공부에서 가장 중요한 것이 무엇이었을까 생각
했을 때,
떠오른 답은 '시간'이었다.
힘든 순간도 있고, 포기하고 싶은 순간도 있었지만
어찌 되었건 6년의 시간을 견뎌냈다.
그리고 의사가 되었다.

유방암 생존율은 90%를 넘는다.
의사국가시험 합격률과 비슷하다.
좋은 의사를 만나 치료 과정을 따라가기만 하면

대부분 완치될 수 있다는 말이다.

그러나 유방암 치료 과정은 절대 쉽지 않다.

완치율이 높다는 것이 치료 과정이 쉬움을 의미하지 않는다.

유방암 치료 과정에서 가장 중요한 것이 무엇일까 생각했을 때,

떠오른 답은 '시간'이었다.

유방암은 한 번의 수술로 완치되지 않는다.

수술이 끝나면 방사선치료가,

방사선치료가 끝나면 항암치료가,

항암치료가 끝나면 호르몬치료가 기다리고 있다.

기나긴 치료 과정을 견뎌내야 한다.

힘든 순간도 있고, 포기하고 싶은 순간도 있을 테지만 우리 함께 힘을 내서 견뎌봅시다.

그리고 완치된 후 어느 날,

힘들었지만 함께 있어 행복한 시간이었다고
이 시간을 추억합시다.

금 상

좋아하는 과목: 국사, 미술
싫어하는 과목: 수학, 과학

우리 딸은 전형적인 문과 타입이다.
자기가 좋아하는 역사 공부는 즐겁게 하나,
개념 이해가 필요한 수학과 과학 공부는 힘들어한다.
그런 딸이 과학 관련 교내대회에서
한 학년에 한 팀만 주는 '금상'을 받아왔다.
나는 기적 같은 일이라고 생각했다.

금상을 받은 딸은 기분이 좋다.
집에 와서 상 받은 이야기를 재잘거렸다.
선생님과 친구들이 많이 우쭈쭈해준 듯하다.
나도 일부러 과장되게 칭찬해줬다.
사실은 우리 딸의 능력을 알아본 과학 선생님을 칭찬
해주고 싶었다.
(그러기가 쉽지 않았을 텐데.)

우리 딸은 공부를 잘하지는 않지만,
아는 것을 표현하는 능력은 좋은 편이다.
혼자 공부하는 것보다
다른 사람들과 함께 어울려 공부하는 것을 좋아한다.
자기 혼자 가지고 있는 것보다
다른 사람들과 함께 나누는 것을 좋아한다.
자기 것을 좀 챙기며 살아도 좋으련만
선천적으로 그것이 잘 안 되는 아이다.

우리 딸은 특출나게 뛰어난 아이는 아니지만,
장점이 적지 않은 아이다.
장점이 없는 아이는 아무도 없다.
그 장점을 높이 평가하는 사람을 못 만났을 뿐이다.
장점은 인정을 받을수록 더욱 커진다.
우리 딸의 장점 또한 해마다 자라나기를 소원한다.

기 말 고 사

중간고사 끝나고 나서 수술했는데
어느새 기말고사 기간이 되었다.
시간이 참 빠르다.
우리 딸은 그동안 시험 준비를 잘했을까?

오늘 아침 출근길, 딸에게서 전화가 왔다.
숨이 잘 안 쉬어진다고, 목이 답답하다고.
이런 증상은 왜 시험을 앞두고만 생길까?
갑작스러운 전화에 뭐라고 답해야 할지 고민에 빠졌다.

나에게 전화하기 전에 오늘 학교 안 가면 안 되냐고
병원에 있는 엄마에게도 전화했다고 한다.
아내는 아빠에게 연락하라고 했다고 한다.
나에게 책임을 떠넘긴 셈이다.

딸에게 문자를 보냈다.
다음에도 숨이 안 쉬어지면, 시편 23편을 읽어라.

그리고 너를 향한 하나님의 마음을 묵상해라.

그래도 숨이 안 쉬어지면 숨 쉴 수 있게 도와달라고
기도해라.

딸은 오늘 시험을 잘 볼 수 있을까?

시험을 못 본다고 큰일 나는 것도 아니다.

성적 때문에 속상해하지 않았으면 좋겠다.

우리 딸의 심령이 평안을 되찾기를 눈을 감고 잠시
기도한다.

《 김 장 김 치

어머니로부터 전화가 왔다.
고속버스로 김장김치 보낼 테니까 시간 맞춰 받으러
나가라고.
혼자서 김장하느라 여기저기 안 아픈 데가 없다고.

나는 어머니께 대답했다.
힘드신데 뭐하러 보내냐고.
오늘은 수업이 있어서 받으러 갈 수가 없다고.

어머니는 웃으며 말했다.
그러면 내일 보내겠다고.
미리 싸놓은 김치가 익을까 걱정이라고.

나는 퉁명스럽게 말했다.
그러면 내일 보내라고.
나는 익은 김치 좋아하니까 걱정하지 마시라고.

세상에는 이해 못 할 일이 몇 가지 있다.

온몸이 아프다면서도 아들이 맛있게 먹을 것을 생각하며 흐뭇해하는 어머니와

뭐하러 보내냐며 짜증을 내면서도 어머니 김치 없이는 밥 먹지 못하는 아들.

다음 날 김장김치가 도착했다.

익은 김치를 좋아하는 아들을 위해 어머니는 이전에 담가놓은 무김치를 따로 싸서 보내셨고,

버스 놓칠까 봐 걱정되어 뛰어가던 아들은 넘어져 무릎이 깨졌다.

가 족 의   정 의

1. 세상에서 가장 만만한 사람들이 가족이라.

2. 짜증 날 때 뒷일 생각하지 않고 한껏 짜증 낼 수 있는 사람들이 가족이라.

3. 상처 주는 말을 하면서도 다 잘되라고 하는 말이라며 넘어가는 사람들이 가족이라.

4. 전날 싸우고도 다음 날 아무 일 없었던 양 함께 밥을 먹는 사람들이 가족이라.

5. 속으로는 잘해줘야지 다짐해도 막상 만나면 또다시 함부로 대하게 되는 사람들이 가족이라.

6. 한 공간에서 다른 일 하며 아무 말 없이 몇 시간이고 함께 있을 수 있는 사람들이 가족이라.

7. 말하지 않아도 안다고 생각하지만, 말하지 않으면 아무것도 모르는 사람들이 가족이라.

8. 남에게 욕하면서도 남이 욕하는 것은 듣기 싫은 사람들이 가족이라.

9. 함께 있을 때는 소중한 줄 모르다가, 헤어지고 나면 작은 흔적만으로도 눈물 나는 사람들이 가족이라.

10. 아무리 티격태격해도 돌이켜 보면 삶의 이유인 사람들이 가족이라.

11. 고단한 삶일망정 견디며 살아갈 힘과 용기가 되어주는 사람들이 가족이라.

12. 세상에서 가장 소중한 사람들이 가족이라.

간 호 · 간 병 통 합 서 비 스

((병 동

아내는 간호·간병통합서비스 병동에 입원해 있습
니다.

병실엔 보호자가 없어 고요합니다.

병실을 함께 쓰는 어르신들은 적적해 보입니다.

말 걸 사람 없나 요리조리 두리번거립니다.

서로 눈치 보다 말문이 한번 터지면 온갖 이야기를 쏟
아냅니다.

젊은 사람이 한 명 입원해 있는데 무슨 환자인지 궁금
합니다.

어디 아파 보이지도 않습니다.   .

그 흔한 수액 하나 달고 있지 않습니다.

간호사가 뭘 해주는 것 같지도 않습니다.

아무리 봐도 나이롱환자 같습니다.

오전에는 어디론가 사라지고 없습니다.

오후에는 침대에 누워 낮잠을 잡니다.

자다가 지치면 일어나 핸드폰을 들여다봅니다.

매일 한 남자가 들러서 한참 동안 쑥덕이다 갑니다.

주말에는 외출 나가고 없습니다.

궁금증을 이기지 못하고 어디 아파서 입원한 거냐고 묻습니다.

아내는 유방암 치료 중이고, 아침마다 방사선치료 받으러 상계백병원에 갔다 오는 거라고 답합니다.

젊은 사람이 어쩌다가 그런 몹쓸 병에 걸렸냐며 제 일처럼 안타까워합니다.

유방암에 좋다는 온갖 건강정보를 알려줍니다.

이제 더는 나이롱환자로 보지 않습니다.

아내는 이제 입원 6주 차가 되었습니다.

불편하기만 했던 병원 침대가 편해지기 시작했습니다.

병실 어르신들과의 대화도 익숙해졌습니다.

방사선치료도 큰 부작용 없이 잘 견디고 있습니다.

병원 생활이 아무리 편해졌어도 퇴원 날만 기다리고
있습니다.

((크 리 스 마 스 트 리

　십여 년 만에 처음으로 크리스마스트리를 만들었습니다.

　딸이 유치원 다닐 때 만들어보고, 오랜만에 크리스마스트리를 장식했습니다.

　방울을 달고, 눈송이를 달고, 별을 달았습니다.

　LED 전구를 두르고 환하게 불을 켰습니다.

　아이들 얼굴에도 웃음꽃이 환하게 피어났습니다.

　아내는 성탄절에도 병원에 입원해 있어야 합니다.

　아이들은 엄마와 떨어져서 새해를 맞아야 합니다.

　2019년 성탄절을 엄마의 방사선치료로 기억하게 하고 싶지 않았습니다.

　2019년 연말을 우울한 분위기로 지내게 하고 싶지 않았습니다.

　크리스마스트리에 밝고 건강한 희망을 담고 싶었습니다.

　성탄절은 아기 예수가 나신 날입니다.

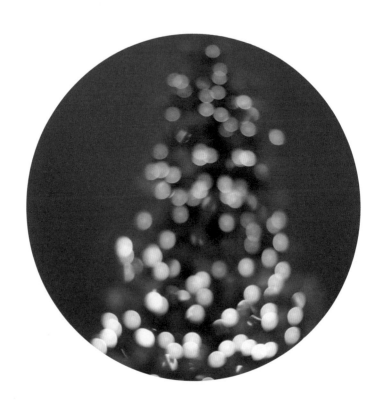

우리를 죄에서 구원하신 생명의 날입니다.

자신의 생명마저도 내어주러 오신 사랑의 날입니다.

죄인 된 우리가 생명을 얻은 기쁨의 날입니다.

구원을 사모하는 사람들의 소원에 응답하신 감사의
날입니다.

2019년 성탄절은 함께 만든 크리스마스트리의 밝은
불빛으로 기억되었으면 좋겠습니다.

커 트 머 리

아내가 어려졌습니다.
언젠가 고등학교 학생증에서 본 듯한 모습입니다.
아들은 엄마가 바뀌었다며 깜짝 놀란 척했습니다.
진짜 엄마는 어디 갔냐며 찾는 시늉을 했습니다.

아내는 성인이 된 후 이렇게 짧은 머리는 처음이라고
했습니다.
항암치료 시작하면 어차피 빠질 건데 조금 미리 잘랐
다고 했습니다.
그동안 수술한 쪽 팔이 아려서 긴 머리 감기도 쉽지
않았다고 했습니다.
머리를 자르고 나니 기분 전환도 되고 좋다고 했습니다.

저는 어려 보여서 좋다고 했습니다.
브아걸°의 나르샤 같아 보인다고 했습니다.
아내가 유쾌해 보여 좋았습니다.
아내의 유쾌한 모습이 안쓰러웠습니다.

아이들이 모두 잠든 밤,
아내는 조용히 흐느껴 울었고
저는 그저 등만 다독였습니다.
아무 말도 필요하지 않았습니다.

○ 브라운 아이드 걸스

지 금   그 대 로 의
모 습 으 로

오래된 노래 하나가
아침부터 입안을 맴돈다.
출근길 지하철에
이 노래가 가득하다.

사랑을 이야기할 땐
그대의 눈을 바라보면서
마음을 전하려 할 땐
그대의 손을 꼭 쥐어요.

30여 년 전 처음 이 노래를 들었을 땐
향긋한 꽃내음이 가득했다.
봄바람이 살랑 불어
마음이 설레었다.

때로는 그대 마음에
슬픔의 그늘이 드리우고

때로는 나의 마음에
아픔의 계절이 찾아와도

머리가 희끗해진 지금 다시 이 노래를 들으니
낙엽 진 숲길 밟는 소리가 가득하다.
가을비가 살짝 내려
코끝이 시큰하다.

사랑하는 그대
더 이상의 말도
더 이상의 눈길도 원하지 않아.
내겐 필요치 않아.

퇴근길 차 안에서
아침부터 입안을 맴돌던 이 노래를 부른다.
함께 외출하는 아내에게
내 마음 가득한 바람을 전한다.

바로 지금
지금 그대로의 모습으로
나에게 남아주오.

○ 유열, 〈지금 그대로의 모습으로〉

송구영신 送舊迎新 :

감사의 이유

언젠가 이런 생각이 들었습니다.

'변수(變數)가 상수(常數)가 되어야 감사할 수 있다.'

변수는 어떻게 변할지 모르기 때문에 조바심이 납니다.

세상에는 내 의지와 관계없는 일이 너무나 자주 일어납니다.

뜻밖의 일이 발생하면 자신에게 왜 이런 일이 일어났는지 고민하다 낙심하게 됩니다.

예상치 못한 일은 고통스럽습니다.

예상치 못한 그 일을 상수로 받아들여야 감사가 나옵니다.

내 의지와 관계없는 일에 휘말렸지만,

이 일을 극복할 의지가 내 안에 있음에 감사할 수 있습니다.

뜻밖에 발생한 일을 해결할 수 있는 적절한 환경과

격려해주는 동료가 있음에 감사할 수 있습니다.

예상치 못한 고통 속에서도 평안을 되찾을 수 있습니다.

석 달 전 아내는 유방암 진단을 받았습니다.

뜻밖의 일에 당황했습니다.

두려웠습니다.

미안했습니다.

죄책감에 시달렸습니다.

'왜'라는 질문이 고통스러웠습니다.

아내가 유방암에 걸린 것은 변할 수 없는 사실입니다.

아무리 후회하고 뉘우쳐도 진단명이 바뀌지는 않습니다.

변할 수 없는 사실에 매여 고민하다 보면 원망이 생깁니다.

자신이든 다른 사람이든 누군가를 원망하게 되어 있습니다.

예상치 못한 그 일을 받아들여야 감사할 수 있습니다.

감사할 것들이 눈에 보이기 시작합니다.

1. 업무 변경

작년까지 ODA(Official Development Assistance, 공적개발
원조) 사업을 담당하다가 올해 3월에 병원 진료로 업무
가 변경되었습니다. ODA 사업을 하다 보면 몇 주씩 수시
로 국외 출장을 가야 합니다. 올해 초 업무가 변경된 덕
분에 힘들어하는 아내 옆을 줄곧 지킬 수 있었습니다.

2. 정교수 승진

올해 4월, 정교수로 승진했습니다. 대학병원에서 근
무하는 의대 교수들도 실적에 대한 스트레스에 시달리
며 일하고 있습니다. 그래도 정년이 보장되는 정교수가
되었기에 실적에 대한 부담을 잠시 내려놓고 아내의 치
료에 전념할 수 있었습니다.

3. 새 차 구입

지방 출장 때문에 가끔 제 차에 타시는 한 교수님이
불안해서 더는 못 타겠다며, 인제 그만 차를 바꾸라고

여러 차례 이야기했습니다. 올해 6월에 10년 넘은 노후 차를 드디어 새 차로 교체했습니다. 수술 후 아내는 차가 충격을 받으면 수술한 쪽 팔이 울려 힘들어했습니다. 지금 와서 생각하니 수술받은 아내를 편안히 모시고 다니기 위해 새 차를 산 것 같습니다.

4. 캡슐 커피 머신 구입

올해 9월, 커피 생각이 날 때마다 카페에 가기 뭐해서 연구실에 캡슐 커피 머신을 사놓았습니다. 아침에 아내 병실에 갈 때마다 커피를 한 잔씩 내려서 갑니다. 뭔가 해줄 게 있다는 것은 기쁨입니다.

아내가 유방암 진단을 받은 후에는 하나님께 원망도 했습니다.

우리 가족에게 왜 이런 시련을 허락하신 겁니까?

아내의 유방암 진단을 받아들인 후에야 감사할 것들이 눈에 보이기 시작했습니다.

하나님께서 아내를 유방암에 걸리게 한 것이 아니라,

아내가 유방암 치료를 받을 수 있는 최적의 환경을 미리
예비해주신 거구나.

· 예상치 못한 고통 속에서도 평안을 되찾을 수 있었습니다.

이제 곧 새해가 시작됩니다.

새해에는 우리의 바람대로 좋은 일만 가득할까요?

뜻밖의 일은 언제든 일어나게 되어 있습니다.

좋은 일도 있고, 나쁜 일도 있을 것입니다.

그 어떤 일이 일어나더라도 마음의 중심을 잃지 않기를 소원합니다.°

감사하며 살아가기를 소원합니다.

○ 잠언 4장 23절

방 사 선 치 료 ,

끝 !

언제 끝나나 싶던 34회의 방사선치료를 모두 마치고
드디어 퇴원합니다.

아내가 지금 가장 먼저 하고 싶은 것은 샤워입니다.

치료 부위에 표시해놓은 선이 지워질까 봐 그동안 제
대로 씻지 못했습니다.

샤워를 제대로 하지 못해 찝찝해 죽을 지경입니다.

이제는 맘 놓고 씻고 싶답니다.

방사선종양학과 교수님께서 그러셨답니다.

피부가 약한 것 같진 않다고.

다행히 피부가 까매지거나 벗겨지지 않았습니다.

가끔 안에서 찌르는 듯한 통증이 있지만 참을 수 있는
정도라고 합니다.

무사히 한고비 넘었습니다.

아내의 지금 기분은 어떨까요?

방사선치료를 무사히 마친 것은 다행이지만, 10일 뒤에 시작하는 항암치료가 걱정입니다.

하나가 끝나면 다른 하나가 시작입니다.

인터넷을 검색하며 항암치료 전에 준비해야 할 물품
목록을 정리하고 있습니다.

저의 전문가적인 식견으로 검토·보완에 들어가야겠
습니다.

그래도 오늘은 항암치료에 대한 걱정은 모두 내려놓고,

방사선치료를 무사히 마친 것에 대해서만 감사하고
감사합시다.

항 암 치 료

유 방 암

((환 우 카 페

아내는 유방암 환우 카페°에 가입했습니다.

십만 명이 넘는 가입자 숫자에 먼저 놀랐습니다.

유방암으로 힘들어하는 사람이 이렇게 많다는 것을 이제야 실감합니다.

시간 날 때마다 카페에 올라온 글을 읽습니다.

하루에도 백 개가 넘는 글이 올라옵니다.

심심할 틈이 없습니다.

병원에서 알려주지 않는 다양한 정보를 알려줍니다.

항암치료 전 준비 사항, 부작용 생겼을 때 대처법, 가발 고르는 법, 보험 청구하는 법, 여행 시 주의사항 등 유용한 정보가 정말 많습니다.

글을 읽다 필요하면 메모를 합니다.

카페 가입 후 아내의 질문이 많아졌습니다.

맘마프린트 검사∞가 뭐예요?

맘마프린트 검사받고 항암 패스한 사람도 있던데 왜 난 검사 안 했어요?

항암제 종류도 많던데 나는 무얼 맞게 될까요?

허셉틴°°°이 보험 안 되는 사람도 있다는데 나는 보험이 돼요?

항암치료 전에 케모포트°°°°를 심는다는데, 케모포트가 뭐예요?

나도 케모포트를 심는 거예요?

카페가 저를 공부시킵니다.

아내에게 답을 하기 위해 열심히 구글을 검색합니다.

아내는 카페에 올라온 사연을 읽고 자기 일처럼 안타까워합니다.

유방암이란 한 가지 병명으로 모였지만, 상태도 다르고 사연도 다양합니다.

언젠가 카페 글을 읽던 아내가 무심코 말했습니다.

이만한 게 다행인 것 같다고.

자기보다 심한 사람이 너무 많다고.

저는 이렇게 생각합니다.

고통의 크기는 서로 비교할 수 있는 것이 아니라고.

말기암 환자의 고통을 알게 되었다 하여 조기암 환자의 고통이 가벼워지는 것은 아니라고.

한 사람 한 사람의 사연은 비교하는 것이 아니라 그 자체로 존중되어야 한다고.

아내는 오늘도 카페에 올라온 글을 읽고 있습니다.

저는 아내의 질문에 답하기 위해 상시 대기 중입니다.

선글라스는 항암치료로 인한 꾀죄죄함을 가리기 위해 쓰고 다녀야 한답니다.

아내 생일이 멀지 않았는데 이번 생일 선물로는 명품 선글라스를 준비해야겠습니다.

○ 유방암 이야기 (cafe.naver.com/uvacenter)

○○ 네덜란드암연구소인 아젠디아(Agendia)에서 개발한 유전자 검사법. 조기 유방암에서 특정 유전자의 활성을 측정하여 10년 내 유방암 재발 위험을 예측한다.

○○○ HER2 유전자가 과발현된 유방암에 사용하는 표적치료제

○○○ 항암제를 주기적으로 안전하게 맞기 위해 신체 깊숙이 있는 굵은 중심정맥에 삽입된 기구

《 가 발 　 제 작

난생처음 가발숍에 방문했습니다.

가발을 얼마나 자주 쓸지는 모르지만,

있어도 안 쓰는 것과 없어서 못 쓰는 것은 다른 문제
입니다.

아내가 원하는 가장 좋은 가발을 맞춰주고 싶었습니다.

가발 제작 기간은 4주면 충분할 줄 알았으나,

설 연휴가 포함돼 7주 정도 걸린다고 했습니다.

7주 뒤면 3차 항암치료에 들어갈 때쯤입니다.

아마도 머리가 이미 빠진 후입니다.

기성 제품을 살지, 맞춤제작을 요청할지 고민에 빠졌
습니다.

가발을 구입하면 일 년은 써야 하는데 대충 살 수는
없는 일입니다.

초기 몇 주간은 모자가발로 버티기로 하고 맞춤제작
을 요청했습니다.

잘한 선택일까요?

가발숍에서 일하는 분들은 아픈 사람을 상대합니다.
가발이 아픈 사람의 머리를 감싸 안듯
아픈 사람의 마음을 헤아리고 보듬을 수 있어야 합니다.
어찌 되었건 항암치료 전 준비 목록 중 한 가지를 해
결하고 나니 기분이 좋아졌습니다.

느 슨 한 여 행

집은 떠났으나
관광지에는 도착하지 않는,
기억나는 것이 많지 않은
여행을 하고 싶었다.

먹고 쉬고
먹고 놀고
먹고 자는
여행을 계획하였다.

비행기가 연착되면
공항에서 쉬고,
차가 막히면
함께 노래하는 여행

가고 싶은 식당의 줄이 길면
옆 식당에 가고,

산책하려다 비가 오면
TV를 보다 조는 여행

읽을 책을 가져가도
몇 페이지 읽지 못하고,
애들 공부할 책을 넣어가도
가방에서 꺼내주지 않는 여행

보이는 것에 들뜨지 않고,
들리는 것에 설레지 않고,
새로운 것에 두근거리지 않는
잔잔한 여행을 하고 싶었다.

많은 곳을 다니려 부지런 떨지 않고,
많은 것을 느끼려 조바심내지 않는
보이는 대로, 느끼는 대로
느슨한 여행을 계획하였다.

여행을 마치고 돌아오면
관광지의 화려한 색채가 아니라
함께 한 가족의 웃음소리가 기억 남는
그런 여행이길 바랐다.

《 이 제 야

방사선치료를 마친 후
가족 여행도 가고,
고등학교 친구들도 만나고,
친정 동생네 가족과도 놀고,
정신없이 시간을 보냈습니다.
항암치료에 대해 생각할 틈이 없었습니다.

정신없는 일주일을 보내고
이제야 항암치료 전 준비 물품을 점검합니다.
첫 항암치료를 하루 앞두고
이제야 부족한 물품을 인터넷으로 주문합니다.

1. 탈모 대비 물품
   - 인모가발, 모자가발, 비니, 눈썹 타투펜: 구입 완료

2. 구내염 예방 물품
   - 프로폴리스 스프레이: 쓰던 것 사용

- 극세모 칫솔, 프로폴리스 치약: 인터넷 주문
- 가글액, 구내염 치료 연고: 구입 예정

3. 위생용품

- 물티슈, 마스크: 쓰던 것 사용
- 뿌리는 살균소독제: 구입 완료
- 칫솔 살균기: 인터넷 주문

4. 피부 관리 물품

- 보습제, 선크림: 쓰던 것 사용
- 저자극 샴푸, 손톱 영양제, 선글라스: 구입 완료
- 저자극 비누: 인터넷 주문

5. 보온제품

- 무릎담요: 쓰던 것 사용
- 수면양말, 핫팩: 구입 완료

6. 영양 관리물품

- 비타민 D 영양제, 환자용 영양식: 구입 예정

7. 기타

- 텀블러, 체온계: 쓰던 것 사용
- 청포도 맛 사탕, 무선 이어폰: 인터넷 주문
- 500mL 생수: 수시 구입
- 남편의 위로와 격려: 상시 대기 중

전 처 치

약 물

오늘은 첫 번째 항암치료 날입니다.

처음이라 그런지 긴장됩니다.

글로는 열심히 읽었지만,

아내는 자신의 몸에 항암제가 실제 투여되었을 때

어떤 예기치 못한 문제가 생길까 봐 걱정입니다.

항암제 투여 전에 부작용 예방을 위한 전처치 약물이
먼저 들어갑니다.

신장 보호를 위해 충분한 수액을 공급합니다.

위장 보호를 위해 위산분비억제제를 투여합니다.

오심과 구토를 예방하기 위해 진토제를 투여합니다.

과민 반응을 막기 위해 항히스타민제와 스테로이드제를
투여합니다.

오후 2시, 드디어 항암제가 들어가기 시작했습니다.

이제 시작이구나, 마음을 다잡습니다.

오후 2시 3분, 문자가 하나 왔습니다.

'고객님께서 청구하신 보험금이 지급되었습니다.'
기분이 좋아지고, 피로가 가셨습니다.

아내는 오늘 첫 번째 항암치료를 받았습니다.
　약간의 안면홍조와 주사 부위 통증 외에는 큰 문제없이
무사히 마쳤습니다.
　부작용 예방을 위한 최고의 전처치 약물은
　혈관으로 들어가지 않았습니다.
　계좌로 들어갔습니다.

똥 꿈 ((

아내는 TC 요법° 4회와 트라스투주맙°° 투여 17회를
계획하고 있습니다.
3주 간격으로 21번의 입·퇴원을 반복해야 합니다.
짧지 않은 시간입니다.
표적치료까지 마치고 나면 우리 아들은 중학생이 되어
있을 것입니다.
중학생 아들, 아직 상상이 되지 않습니다.

아내는 오늘 첫 번째 항암치료를 마치고 돌아왔습니다.
처음이라 그런지 아주 힘들어하지는 않았습니다.
아내가 가장 힘들어한 것은 변비였습니다.
입원 이래로 지금까지 변을 보지 못했습니다.
속에 담기만 하고 내보내지를 못하니 배가 너무나 무
겁습니다.

물을 마셔도 나오지 않습니다.
유산균 음료를 마셔도 나오지 않습니다.

마그밀^{○○○}을 먹어도 소식이 없습니다.
배를 따뜻하게 해도 소식이 없습니다.
어떻게 해도 소용이 없습니다.

아내 배는 똥배, 내 손은 약손
아내 배는 똥배, 내 손은 약손
밤새 아내 배를 쓰다듬으면 내일 아침에는 변이 나오
려나요?
아내는 변 보기를 바라고 있습니다.
똥꿈은 길몽이라는데 밤새 똥 싸는 꿈을 꾸고 있습니다.

○ 도세탁셀(docetaxel)＋시클로포스파미드(cyclophosphamide)
○○ 상품명: 허셉틴
○○○ 수산화 마그네슘 성분의 변비약

218

((우 연 의   의 미

언젠가 말한 적 있나요?
저는 우연을 믿습니다.

세상은 우연으로 가득 차 있습니다.
우연에 의미를 부여하는 것은 사람입니다.
의미를 부여받지 못한 우연은 그대로 소멸하고 맙니다.
의미를 부여받은 우연은 인연이 되고, 운명이 되고,
섭리가 됩니다.

예기치 않은 일을 만나면 저는 고민에 빠집니다.
이 일이 왜 나에게 일어났을까?
이 일에 나를 향한 숨겨진 뜻이 있지는 않을까?
마지못한 척 우연을 따라가 봅니다.

7년 전, 우연히 만난 어느 교수님이 함께 의료봉사 다닐
생각은 없는지 물었습니다.
갑작스러운 질문에 당황했습니다.

첫바퀴 도는 병원 생활에 매몰되어 있다는 생각에 고민이 많던 시기였습니다.

  못 이긴 척 따라간 의료봉사가 지금까지 이어지고 있습니다.

  첫 번째 항암치료 후 5일, 저는 라오스로 의료봉사를 떠납니다.

  아내는 약간의 피로감과 근육통을 느끼고 있지만, 비교적 잘 견디고 있습니다.

  아내만 남겨놓고 떠나는 발걸음이 무겁습니다.

  저를 배웅하는 아내의 목소리가 오히려 가볍습니다.

  의료봉사, 말은 거창하지만, 큰일을 하려는 것은 아닙니다.

  저는 단지 또 다른 우연을 기대할 뿐입니다.

  그 우연이 누군가에게는 인연이 되고, 운명이 되고, 섭리가 되기를 기도합니다.

그 무엇보다 제가 곁에 없는 동안 아내가 무탈하기를
기도합니다.

제가 말했었나요?
7년 전에 우연히 만난 교수님이 이번에 아내의 유방
암과 아들의 충수염을 수술해준 분입니다.

미 열 의
원 인

첫 번째 항암치료 후 8일,

아내에게서 미열이 있다고 연락이 왔다.

37.8℃, 다시 재니 37.9℃.

다른 증상은 없는데, 미열만······.

타이레놀 한 알 먹고 열이 떨어지는지 보자고 했다.

열이 더 오르면 어떡하지?

마음이 무거워졌다.

두 시간 후,

체온이 37.4℃로 떨어졌다고 연락이 왔다.

타이레놀은 이제 더는 먹지 말고, 열나는 패턴을 지켜

보자고 했다.

체온이 38.0℃ 이상 오르면 택시 불러서 바로 응급실

에 가야 한다고 했다.

응급실에서 바로 입원할지도 모른다고 했다.

아내가 불안해했다.

불안한 건 오히려 나였다.

두 시간 후,

체온이 36.9℃로 떨어졌다고 연락이 왔다.

열이 나면 언제라도 다시 연락하라고 했다.

여기는 라오스,

홀로 있게 한 시간이 미안했다.

머리가 아파져 왔다.

타이레놀 한 알을 삼켰다.

다음 날 아침,

밤새 열도 안 났고, 몸 상태도 좋다는 연락이 왔다.

오늘 하루 무리하지 말고 쉬라고 했다.

항암치료를 받고 나면 호중구가 감소하여 열이 난다.

아내는 남편이 옆에 없을 때 열이 났다.

나는 미열의 원인을 '호중구 감소성 발열'이 아니라
'남편 결핍성 발열'이라고 진단했다.

치료제는 남편의 귀국.

223

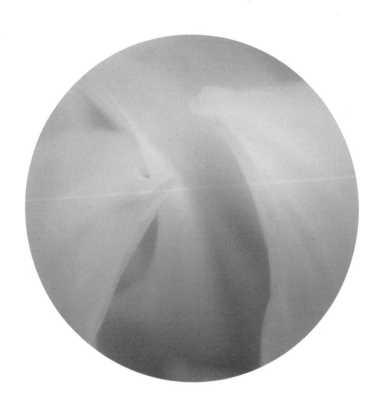

○ 항암치료 중 발생하는 대표적인 부작용. 세균으로부터 몸을 보호해주는 역할을
하는 백혈구의 한 유형인 호중구가 일시적으로 감소하여 면역력 약화가 일어나
면서 감염에 의한 고열이 발생하는 현상을 뜻한다.

이 십 년

몇 년 전, 이어폰을 낀 채 잠이 든 적 있었어.

그러다 잠에서 깼는데 눈물이 날 것 같았어.

이어폰에서는 이적의 〈이십 년이 지난 뒤〉가 나오고 있었어.

아마 이 부분이었을 거야.

어릴 때는 삶이 아주 길 것 같았지.

까마득했지. 이십 년이 지난 뒤

이젠 두려울 만큼 짧다는 걸 알아.

눈 깜빡하면 이십 년이 지난 뒤

작년에는 의대 졸업 20주년이라며 기부금 내라는 연락을 받았어.

내가 의사가 된 지 이십 년이 되었다는 거야.

지난 시간이 어떻게 흘러갔는지 기억도 잘 나지 않는데 20주년이라니 기분이 좀 그렇더군.

그러고 보니 난 이십 년 단위로 사는 것 같아.

태어나서부터 이십 년을 준비해서 의대에 들어갔지.

의대 졸업하고 이십 년을 일해서 정교수가 되었어.

앞으로 이십 년이 지나면 정년퇴직을 하게 될 거야.

그 후로 다시 이십 년이 지나면 아마도 굿바이, 마이 라이프?

오늘은 결혼 19주년이야.

만난 지는 이십 년도 더 지났지.

당신은 두 번의 이십 년을 산 셈이야.

나를 만나기 위한 이십 년과 나와 함께 한 이십 년.

내가 자주 이야기했잖아.

미래의 행복을 위해 현재의 행복을 양보하지 말자고.

자랑할 것은 많지 않지만, 그래도 우리 재밌게 살았 잖아.

잘못한 것도 적지 않지만, 그래도 후회는 없어.

우린 또 다른 이십 년을 준비하고 있어.

앞으로 살아갈 이십 년은 어떤 모습일까?

당신과 함께하는 하루하루의 시간이 나에게는 너무나 소중해.

그 시간이 너무도 빠르게 흘러가 버릴 것을 알기 때문이지.

내가 자주 이야기했잖아.

조금 유치해지면 행복할 수 있다고.

우리 나이 생각하지 말고, 체면 생각하지 말고 유치하게 살자.

노래하고 춤추며 그냥 그렇게 살자.

오늘은 결혼기념일이야.

다른 해처럼 사람 많은 곳에는 갈 수 없지만,

당신과 함께라면 어디라도 나는 좋아.

오늘 당신에게 이 노래를 들려주고 싶어, 내 마음의
소망을 담아.

> 그때 가도 우린 노래하고 있을까?
> 그러길 바래. 이십 년이 지난 뒤
> 돌아보면 모든 것이 꿈결 같을까?
> 참 알 수 없는 이십 년이 지난 뒤

설 연휴 뒤

출근 첫날

첫 번째 항암치료 후 14일,

아내는 머리카락이 빠지기 시작했다며 오늘은 머리를 정리해야겠다고 했다.

가볍게 당겨보니 머리카락이 힘없이 빠졌다.

나는 퇴근 후 미용실에 직접 데려다주겠다고 했다.

출근길 '김현정의 뉴스쇼'는 코로나19 확산 소식으로 채워졌다.

병원 입구에는 우주복을 입은 직원들이 일반인 출입을 제한하고 있었다.

나는 기침하고, 콧물 나고, 열나는 환자를 마스크 쓰고 진료했다.

퇴근 후 집에 들어가도 되나 잠시 고민했다.

아내로부터 구각염에 바를 연고와 손 소독제를 사 오라는 문자가 왔다.

약국에서는 손 소독제가 약국 문을 연 뒤 한 시간도

안 되어 동이 났다고 했다.

　연구실에서 개인적으로 쓰던 손 소독제를 가져다주기로
했다.

　별로 한 일도 없이 퇴근 시간이 되었다.

　아내와 함께 미용실을 향하는 마음이 엄숙했다.

　미용실은 그 어느 종교 시설보다 경건했다.

　또 다른 자아를 발견하는 거룩한 시간,

　이제 우리는 모든 걸 받아들일 준비가 되었다.

　머리카락이 바리캉에 밀려 뭉텅뭉텅 떨어져 나갈 줄
알았는데,

　어차피 빠질 머리카락을 한 올 한 올 정성껏 다듬어주
셨다.

　아직은 견딜 수 있을 것 같다며 최대한 버텨보자고 하
셨다.

　숏커트 스타일이 된 아내는 미소년이 되었다.

미용실에서 나와 우리는 아래층에 있는 분식집에서
식사했다.

분식집 옆에 있는 빵집에서 내일 먹을 빵을 샀다.

집에 와서는 인터넷 몰에서 돌돌이를 주문했다.

두 번째 항암치료 들어가기 전에 미용실을 다시 가야
겠다고 생각했다.

○ Coronavirus disease 2019(COVID-19)

쉬 운 ((시

머리가 무거울 때는 청계천 가에 있는 서점에 간다.
서점에 가서 시집을 산다.
일상의 언어로 쓰인 쉬운 시를 읽는다.
시를 읽은 후에는 짤막하게 내 말을 덧붙인다.
머리에 쌓여 있는 무거운 짐을 덜어낸다.

오늘은 두 번째 항암치료 날,
일상의 감정을 그린 쉬운 시를 읽는다.
'비 온다니 꽃 지겠다.'
이 시구 아래 짤막하게 내 말을 덧붙인다.
'항암치료를 받으니 힘들겠다.'

마루에 앉아 꽃을 지켜보는 아버지처럼
침대 곁에 서서 아내를 바라본다.
비 소식에 저물 꽃이 안타까운 아버지처럼
항암 주사를 맞는 아내가 안쓰럽다.
나를 보며 웃는 아내에게 미소로 답한다.

○ 박준, 〈생활과 예보〉

오늘의
날 씨

오늘의 날씨는 한파 절정,
길가에 심긴 나무들이 추위에 떨고 있다.

오늘의 날씨는 코로나19,
마스크 쓴 사람들이 두려움에 떨고 있다.

오늘의 날씨는 항암치료 중,
입덧하는 것처럼 음식 냄새가 역겹다.

내일의 날씨는 화창한 봄날,
앙상한 나무에 꽃이 피어나듯
질병의 고통은 기록으로만 남으리.

또 다 시

발 열

첫 번째 항암치료 후에는 8일 만에 열이 났는데,
두 번째 항암치료 후에는 3일 만에 열이 났다.

첫 번째 항암치료 후에는 37.9℃까지 올랐는데,
두 번째 항암치료 후에는 38.1℃까지 올랐다.

택시 타고 병원으로 오라고 했으나,
해열제 먹고 열이 떨어졌다며 오기 싫다고 했다.

해열제는 그만 먹고 열이 다시 오르면,
바로 택시 타라고 했다.

퇴근 후 아내의 상태를 살핀다.
아직은 열이 나지 않는다.

아내는 마스크 쓴 채 침대에 누워 있다.
세 번째 항암치료가 두렵다.

갑 갑 증

일요일 저녁 6시 30분

갑갑증이 나서 동네 카페에 갔다.

카페는 평소보다 한산했다.

따뜻한 아메리카노를 한 잔 시키고 자리에 앉았다.

카페에 흐르는 클래식 음악을 들으니 마음이 차분해
졌다.

음악을 검색하여 핸드폰에 저장했다.

가져간 책을 읽는 시늉을 했다.

어두운 창밖을 멍하니 바라보았다.

아내는 주말 내내 집을 지켰다.

아내는 한 번씩 미열이 났고,

오늘도 코로나19 환자 3명이 추가로 확진되었다.

나도 줄곧 아내 곁을 지켰다.

책을 읽다 지루하면 TV를 봤고, TV를 보다 보면 슬며시
잠이 들었다.

그러는 틈틈이 설거지를 하고, 청소기를 돌리고, 빨래를

널었다.

  일요일 저녁 창밖에 어스름이 내렸다.

  그렇게 주말이 지나가고 있었다.

  아내는 점심 먹은 것이 조금 니글거린다며 콜라를 사
오라고 했다.

  집에 가는 길에 편의점에 들러 콜라를 샀다.

신 비 의   묘 약

우리 집에는 신비의 묘약이 있습니다.

딸이 숨이 안 쉬어진다며 힘들어할 때 지어온 약입니다.

이 약은 아빠가 처방한 신비의 묘약이니 한번 먹어보라고 했습니다.

효과가 있었을까요?

딸은 이 약을 먹고 기적처럼 증상이 멈췄습니다.

사실은 기말고사가 끝나서 좋아졌을 뿐입니다.

아내는 항암치료를 받은 후로 가슴이 화끈거리는 증상이 생겼습니다.

가슴에서 불이 나는 것 같다고 했습니다.

남아 있는 신비의 묘약을 아침저녁으로 먹어보라고 했습니다.

효과가 있었을까요?

아내는 이 약을 먹고 기적처럼 증상이 가라앉았습니다.

역시 신비의 묘약이라며 좋아했습니다.

신비의 묘약은 사실 위장약과 유산균입니다.

아내의 위산 역류 증상이 위장약 먹고 좋아진 것은 당연한 일입니다.

딸을 위해 지은 약이 아내에게도 필요하게 될 줄 몰랐을 뿐입니다.

아내는 지금도 하루에 두 번씩 신비의 묘약을 찾습니다.

위장약인지 다 알고 있지만 그냥 신비의 묘약이라고 부릅니다.

당연한 그 일이 신비가 되었습니다.

〔〔 수 족 증 후 군

손가락이 터지는 줄 알았습니다.

빨갛게 부어서 살짝만 닿아도 아파했습니다.

피부가 건조해서 비닐장판 같았습니다.

오른쪽을 수술해서 그런지 오른손이 더 심했습니다.

손가락 피부가 벗겨지기 시작했습니다.

피부가 벗겨지면서 염증이 가라앉았습니다.

부기가 빠지면서 압통도 줄었습니다.

벗겨진 피부가 보기는 안 좋았지만 이제야 살 것 같았습니다.

저는 이것이 '수족증후군(hand-foot syndrome)'인 줄 몰랐습니다.

'말초신경병증' 증상인 줄만 알았습니다.

진단이 제대로 안 되었기에 치료도 제대로 못 해줬습니다.

아플 것 다 아프고 나서야 제대로 된 진단을 내릴 수

241

있었습니다.

중요한 것은 아직도 두 번의 항암치료가 남아 있다는 것입니다.

'수족증후군' 예방과 치료에 도움이 된다는 약들을 미리 준비합니다.

유리아크림°, 더모베이트연고°°, 피리독신정°°°, 쎄레브렉스캡슐°°°°.

다음에는 제대로 대처하겠습니다.

° 우레아(urea)

°° 클로베타솔 프로피오네이트(clobetasol propionate)

°°° 비타민 B6

°°° 쎄레콕시브(celecoxib)

((팔 순

애들 크는 줄만 알았지
우리 나이 드는 줄 몰랐다.

우리 나이 드는 줄만 알았지
부모님 늙으시는 줄 몰랐다.

오늘 아침 아내가 알려줬다.
올해 아버님 팔순이라고.

아내가 암 진단받은 후
부모님 댁에 한 번 내려가 보지 못했다.

아내 병구완한다는 핑계로
지난 설에도 내려가 보지 못했다.

내가 기억하는 아버님 모습은 여전히 칠십 대.
팔십 대에 접어든 아버님 모습은 전혀 알지 못한다.

생신이 아직 안 지났으니 만으로는 78세.
만 나이로는 아직 팔팔한 칠십 대라고 우기시려나?

퇴근길, 어머님께 전화해 안부를 묻는다.
어머님의 목소리에 반가움이 묻어난다.

아내의 항암치료가 끝나고 따뜻한 봄이 되면
서울로 모시고 와 건강검진 시켜드리겠다고 약속한다.

심각 또는
심란

병원에 가는 것이 두렵다.
병원에 갈 수 없을까 봐 불안하다.

정부는 감염병 위기경보 단계를 '심각'으로 격상하였고,
학교 개학은 일주일 연기되었다.

유방암 환우 카페에는 병원 가기 무섭다는 글이 계속
올라오고,
아내는 오늘 세 번째 항암치료를 위해 입원해야 한다.

세 번째 항암치료부터는 안 그래도 많이 힘들다는데
입원을 준비하는 마음이 심란하다.

병원에서는 코로나19 선별진료소 진료 지원자를 모집
하고,
나는 선뜻 지원하지 못하고 망설이고 있다.

개 학 연 기

새 학기가 되었는데
개학이 연기되어
집 안에서 뒹굴고만 있다.

반 배정이 되었는데
학교가 닫혀 있어
새 교실에 갈 수 없다.

학교도 쉬고, 학원도 쉬고
시간은 남아도는데
갈 수 있는 곳이 없다.

친구들은 뭐하나 궁금해
연락해보지만
만날 수는 없다.

해마다 3월이면

새로운 만남에 가슴이 설렜는데
확진자 증가 소식에 두려움만 가득하다.

아 침 7 시

아내는 평소보다 근육통이 심하다며 안방에서 끙끙
앓고 있다.
  딸은 제 방에서 세상모르고 쿨쿨 자고 있다.
  아들은 거실에서 유튜브를 보며 깔깔 웃고 있다.
  나는 무거운 마음으로 출근 준비를 서두르고 있다.

아내의 신음이,
딸의 숙면이,
아들의 웃음이
내 어깨에 내려앉는다.

아내의 건강을,
딸의 바이오리듬을,
아들의 천진함을 지키기 위한
나의 하루가 또다시 열리고 있다.

보 풀

재킷에 보풀이 일었다.

보풀은 백팩이 닿는 부위에서 올라왔다.

백팩 안에는 노트북이 들어 있고,

책이 들어 있고,

안경이 들어 있고,

이어폰이 들어 있고,

필통이 들어 있고,

잡동사니가 들어 있다.

직장에 가면 백팩에서 노트북을 꺼내 일을 한다.

지하철을 타면 백팩에서 이어폰을 꺼내 노래를 듣는다.

차를 타면 백팩에서 안경을 꺼내 운전을 한다.

집에 오면 백팩에서 책을 꺼내 잠을 청한다.

백팩 안에 들어 있는 것은 나의 일상이다.

보풀을 만든 것은 내 삶의 무게다.

재킷에 피어난 보풀은 내 삶의 흔적이다.

오늘도 나는 백팩을 메고 출근한다.
보풀을 만들며 살아가고 있다.

마 스 크   대 란 에

대 처 하 는   법

아빠: 요즘 마스크를 구하고 싶어도 구할 수 없다는 기사가 연일 계속 나오고 있습니다. 우리도 우리 집 마스크 재고 현황을 파악하고 이에 대한 대책을 세워야 합니다. 우리 집에 몇 개의 마스크가 있는지 알고 계신 분 있으면 발표 부탁드립니다.

엄마: 우리 집에는 KF94 마스크 14개와 KF80 마스크 30개가 있습니다.

아빠: 어디 몰래 숨겨놓은 마스크 없습니까?

아들: 엄마가 몰래 숨겨놓은 KF80 마스크 2개가 추가로 발견되었습니다.

아빠: 그렇다면 우리 집엔 현재 KF94 마스크 14개와 KF80 마스크 32개, 총 46개의 마스크가 있는 셈입니다. 우리 집 네 식구가 매일 하나씩 쓰면 2주도 못 되어 동이

날 것입니다. 좋은 대책 있으면 발표 부탁합니다.

아들: 저는 요즘 개학이 연기되어 밖에 나갈 일이 거의 없습니다. 밖에 나가지 않으면 마스크를 쓰지 않아도 됩니다.

아빠: 좋은 의견에 감사드립니다. 국가적으로도 '사회적 거리 두기'를 강조하고 있으니 이를 적극적으로 실천하는 것은 문화시민으로서 적절한 태도로 생각됩니다.

딸: 저는 다음 주부터 독서실에 나가기로 했는데, 이틀에 마스크 하나만 쓰겠습니다. 청결하게 관리하면 마스크 하나로 이틀은 버틸 수 있을 것 같습니다.

아빠: 개인의 건강관리만 생각한다면 매일 하나씩 쓰는 것이 좋겠지만, 자원이 부족한 현실을 고려하면 더 필요한 사람에게 공급될 수 있도록 마스크를 아껴 쓸

필요가 있습니다. 그 대신 마스크를 위생적으로 관리해야 하고, 독서실에 놀러 간 것이 아니므로 마스크에 침이 튀지 않도록 말도 아껴서 하기를 바랍니다.

딸: 약국에 가면 마스크를 1주에 1인당 2개씩 살 수 있다는데 저희도 줄 서서 구입하는 것은 어떻습니까?

아빠: '사회적 거리 두기'를 실천하고, 이틀에 마스크 하나씩만 쓰면 우리가 이미 확보해놓은 마스크로 한 달은 버틸 수 있습니다. 저는 마스크 대란이 한 달 이내에 끝날 것으로 생각하고 있습니다. 지금은 우리보다 더 급하게 마스크가 필요한 사람들을 위해 우리는 '공적 마스크'를 살 수 있는 기회를 포기하는 게 좋겠습니다.

엄마: 저도 아빠의 의견에 동의합니다. 약국 앞에 길게 줄 서다가 시간도 뺏기고, 감염될 기회만 오히려 증가할 수 있습니다.

아빠: 그리고 KF94 마스크는 건강이 취약한 엄마만 쓰고, 우리는 KF80 마스크를 쓰도록 하겠습니다.

아들: 억울합니다. 저도 KF94 마스크 쓰고 싶습니다.

아빠: 바이러스에 취약한 엄마의 건강을 위해 KF94 마스크는 우리가 양보하는 것이 좋겠습니다. 엄마의 건강은 우리 손으로 지킵니다. 오늘 가족회의에 적극적으로 참여해주신 여러분께 감사의 말씀을 드립니다.

항암치료

연기

코로나19 원내 확진자가 발생하여 병원이 폐쇄되었다.
함께 입원하고 있던 환자들이 병원에 갇혔다.
입원 대기 중인 환자들의 입원이 취소되었다.
아내의 항암치료 일정 또한 연기되었다.

아내는 하루라도 빨리 항암치료를 마치고 싶어 했다.
끝이 있기에 견뎌낼 수 있었다.
이번만 마치면 표적치료로 넘어갈 수 있었는데…….
아내는 실망을 감추지 못했다.

그분도 몸이 아파서 병원에 온 것일 텐데.
자신도 도움이 필요해서 병원을 찾은 것일 텐데.
폐쇄된 병원 연구실 책상 앞에 앉아 생각이 많다.
직원들은 예약된 환자들에게 일일이 전화하여 진료
중단을 알렸다.

아내의 항암치료는 연기되었다.

아내는 제날짜에 항암치료를 받을 수 없어 낙담했고,
진료가 언제 정상화된다는 보장이 없어 불안해했다.

그래도 자신이 치료받는 중에 이 일이 일어나지 않은
것에 대해 감사하자고 했다.

위 기 , 대 처
그 리 고   자 부 심

코로나19 확진자 증가세가 안정되었습니다.

해외에서 우리나라 방역체계를 극찬합니다.

자부심과 긍지에 국민의 어깨가 으쓱해집니다.

유행이 아직 끝난 것은 아니지만,

우리 모두의 힘으로 반드시 이겨내리라 믿습니다.

서울백병원 진료가 재개되었습니다.

추가 확진자는 단 한 명도 없었습니다.

모든 의료진과 입원환자가 위생수칙을 철저히 지켰기

때문입니다.

위기는 누구에게나 불현듯 찾아올 수 있습니다.

중요한 것은 위기 이후 어떻게 대처하느냐입니다.

아내는 지금 마지막 항암치료°를 받고 있습니다.

항암치료 부작용에 대한 염려보다

이제라도 항암치료를 받을 수 있다는 기쁨이 더 큽니다.

아직도 표적치료와 호르몬치료가 남아 있지만,

그동안 잘 견뎌준 것만으로도 너무나 고맙습니다.

예기치 못한 위기에 잘 대처해준
우리 국민,
우리 의료진,
그리고 당신은
자부심을 가질 자격이 충분합니다.

○ TC 요법 {도세탁셀(docetaxel) + 시클로포스파미드(cyclophosphamide)}

아 무 것 도   몰 랐 습 니 다

건강검진을 받기 전에는
전혀 알지 못했습니다.
아내가 암에 걸릴 수 있다는 것을.
건강한 모습으로 평생 곁에 있을 줄만 알았습니다.

병원에 입원하기 전에는
전혀 알지 못했습니다.
아내가 없는 삶이 얼마나 쓸쓸한지를.
영원히 서로 기대며 살아갈 줄만 알았습니다.

수술을 받기 전에는
전혀 알지 못했습니다.
아내에게 얼마나 의지하며 살았는지를.
아내가 해주는 모든 것이 당연한 줄만 알았습니다.

항암치료를 받기 전에는
전혀 알지 못했습니다.

아내의 미소가 나를 얼마나 행복하게 하는지를.
항상 웃으며 반겨줄 줄만 알았습니다.

병에 걸리기 전에는
전혀 알지 못했습니다.
아내의 아픔이 나에게도 고통이 된다는 것을.
이제는 평생 아내의 아픈 몸을 쓰다듬으며 살겠습니다.

나가는 글

건강검진

이후의

시간

○

2019년 9월 26일(목) 처음 받은 국가암검진에서 유방암 진단

2019년 10월 1일(화) 서울백병원 방문하여 조직검사 시행

2019년 10월 5일(토) 소래포구 방문하여 간장게장 구입

2019년 10월 6일(일) 조직검사 결과 확인

2019년 10월 7일(월)~11일(금) 딸 중간고사

2019년 10월 8일(화) 수술일정 확정하고 수술 전 검사 시행

2019년 10월 12일(토) 가족사진 촬영하고 딸과 아들에게 암 진단 알림

2019년 10월 13일(일) 첫 번째 입원

2019년 10월 14일(월) 드디어 수술

2019년 10월 19일(토) 큰 부작용 없이 퇴원

2019년 10월 22일(화) 시어머니 올라와서 안부 확인하고 당일에 내려감

2019년 10월 25일(금) 실밥 제거하고 인플루엔자와 폐렴 예방접종 시행

2019년 10월 26일(토) 딸과 아들 인플루엔자 예방접종 시행

2019년 10월 31일(목) 배액관 제거하고 방사선치료 일정 확정

2019년 11월 6일(수) 뮤지컬 〈스위니 토드〉 관람

2019년 11월 10일(일) 두 번째 입원

2019년 11월 11일(월) 방사선 모의치료 시행

2019년 11월 12일(화) PET-CT 촬영. 아들 생일

2019년 11월 15일(금) 첫 번째 방사선치료 시행

2019년 11월 25일(월) 아들 급성 충수염 응급수술 받고 입원

2019년 11월 28일(목) 아들 큰 부작용 없이 퇴원

2019년 11월 29일(금) 김동률 콘서트 관람

2019년 12월 9일(월)~12일(목) 딸 기말고사

2019년 12월 15일(일) 김장김치 고속버스 택배 도착

2019년 12월 17일(화) 크리스마스트리 장식

2019년 12월 21일(토) 미용실 1차 방문하여 머리 커트

2020년 1월 2일(목) 가발숍 방문하여 가발 제작 신청

2020년 1월 3일(금) 마지막 방사선치료 받고 퇴원

2020년 1월 6일(월)~9일(목) 제주도 가족 여행

2020년 1월 11일(토) 아내 생일을 맞아 처제 가족 방문

2020년 1월 14일(화) 첫 번째 항암치료(TC 요법) 시행

2020년 1월 19일(일)~24일(금) 남편 라오스 의료봉사

2020년 1월 20일(월) 국내 첫 코로나19 환자 확진

2020년 1월 22일(수) 첫 번째 항암치료 후 8일, 37.9℃까지 발열

2020년 1월 25일(토) 남편 생일

2020년 1월 27일(월) 19주년 결혼기념일

2020년 1월 28일(화) 미용실 2차 방문하여 머리 커트

2020년 1월 31일(금) 미용실 3차 방문하여 드디어 삭발

2020년 2월 4일(화) 두 번째 항암치료(TC 요법) 시행

2020년 2월 7일(금) 두 번째 항암치료 후 3일, 38.1℃까지 발열

2020년 2월 20일(목) 국내 첫 코로나19 사망자 발생

2020년 2월 23일(일) 감염병 위기경보 단계 '심각'으로 격상

2020년 2월 25일(화) 세 번째 항암치료(TC 요법) 시행

2020년 3월 8일(일) 서울백병원 코로나19 원내 확진자 발생하여
병원 일부 폐쇄

2020년 3월 11일(수) 세계보건기구(WHO) 코로나19 팬데믹 선언

2020년 3월 12일(목) 10주 만에 가발 수령

2020년 3월 23일(월) 서울백병원 코로나19 추가 확진자 없어 진료
재개

2020년 3월 24일(화) 네 번째 항암치료(TC 요법) 시행

2019년 9월, 아내는 만 40세의 젊은 나이에 유방암 진단을 받았다. 그리고 6개월의 시간이 흘렀다. 진단으로부터 수술, 방사선치료, 항암치료에 이르는 과정은 절대 쉽지 않았다. 처음 진단받을 때의 충격, 미리 건강을 챙기지 못했다는 죄책감, 주변에 암 소식을 알리는 것에 대한 부담감, 치료받을 병원과 치료 방법을 선택하는 과정에서의 혼란, 처음 경험하는 검사와 치료에 대한 두려움, 치료 부작용으로 인한 고통, 죽음에 대한 공포, 아직은 부모의 손이 많이 필요한 아이들에 대한 미안함, 아이들의 이름만 떠올라도 떨어지는 눈물……. 이 모든 감정이 아직 지워지지 않고 우리 안에 고스란히 남아 있다. 예기치 못한 암 진단이 고통스럽지 않았다면 이는 거짓말이다. 우리는 고통스러웠고, 또한 평안했다. 질병으로 인해 고통스러웠으나, 질병을 극복할 의지가 우리 안에 있고, 그 과정을 통해 우리 가정이 더욱 성장하리라는 믿음이 있기에 평안했다. 지난 6개월은 고통과 평안이 병존할 수 있음을 깨닫는 시간이었다.

아내의 치료는 아직 끝나지 않았다. 앞으로 일 년 동안 표적치료를 받아야 한다. 이어서 10년 동안 호르몬치료를 받아야 한다. 전이나 재발이 없다 해도 치료가 모두 끝나고 나면 아내의 40대도 끝나 있을 것이다. 완치만이 중요하다면 아내의 40대는 힘든 치료 과정을 견딘 것 외에는 그 어떤 의미도 가질 수 없다. 이제 막 시작한 아내의 40대를 유방암 환자라는 라벨 속에 갇히게 하고 싶지 않다. 10년 뒤의 완치 판정보다 소중한 것은 '지금 이 순간' 누리는 소소한 행복이다. 지금 이 순간 경험하는 매일의 일상이 그저 힘들기만 하다면 10년 뒤의 완치도 그렇게 기쁘지만은 않을 것 같다. 아내가 40대의 평범한 일상을 되찾기를 응원한다. 특별할 것 없는 평범한 일상이 얼마나 소중한지는 일상을 벗어나 본 사람만이 알 수 있다. 함께 웃고, 함께 울고, 함께 고민하고, 함께 애태우며, 때로는 싸우고, 때로는 삐지고, 때로는 충돌하고, 때로는 서운해하며, 다시 용서하고, 다시 화해하고, 다시 안아주고, 다시 희망을 외치면서 그저 그런 모습으로 아내의 40대를 채워가기를 소원한다. 이렇게 우리의 소중한 시간이 흘러갈 것이다.

이제 우리 이야기를 마칠 시간이 되었다. 2019년 12월에 발표한 보건복지부 보도자료에 따르면 우리나라에서 암 확진 후 현재 치료 중이거나 완치된 암 유병자는 약 187만 명이라고 한다. 암 환자의 가족까지 고려하면 정말 많은 사람이 암으로 인해 고통받고 힘들어하고 있다. 암 진단은 이제 어느 특정한 사람들만 경험하는 특별한 일이 아니다. 그 누구라도 경험할 수 있는 보편적인 일이 되었다. 지난 6개월 동안 우리 가족이 경험한 일을 책으로 엮게 된 것 또한 우리의 경험이 특별해서가 아니다. 그 누구라도 우리와 같은 일을 겪을 수 있기 때문이다. 유방암 환우 카페에는 우리와 비슷한 사연이 매일같이 올라온다. 아내는 요즘도 카페에 올라온 글들을 읽으며 눈물짓곤 한다. 그들이 카페에 자신의 이야기를 올리는 것은 자신이 혼자가 아님을 확인받고 싶기 때문이다. 자신과 같은 경험을 하고 있는 사람들로부터 공감을 얻고 위로를 받고 싶기 때문이다. 그리고 자신이 경험을 통해 알게 된 것들을 같은 질병으로 고통받고 있는 누군가와 나누고 싶기 때문이다. 우리가 이 책을 만들게 된 것도 같은 이유에서다. 이 땅에는 암 진단과 관련된 187만 개의 이야기가 있다. 우리는 이 책을 통해 이 중 하나를 들려주었다. 이 책이 우리가 알지 못하는 누군가에게 우연히 흘러가 인연이 되고, 운명이 되고, 섭리가 되기를 기도한다.

아내가 암에 걸렸다

펴낸날 1판 1쇄 2020년 7월 28일

지은이 조영규
펴낸이 양경철
편집주간 박재영
편집 강지예
디자인 김혜림 binjib.com

펴낸곳 골든타임
발행인 이왕준
발행처 (주)청년의사
출판신고 제2013-000188호(2013년 6월 19일)
주소 (04074) 서울시 마포구 독막로 76-1, 4층(상수동, 한주빌딩)
전화 02-3141-9326
팩스 02-703-3916
전자우편 books@docdocdoc.co.kr
홈페이지 www.docbooks.co.kr

ⓒ 조영규, 2020

ISBN 979-11-953052-9-2 03810
(CIP제어번호: CIP2020027166)

책값은 뒤표지에 있습니다.
잘못 만들어진 책은 서점에서 바꿔드립니다.